Le Livre de Poche Jeunesse

DRÔLE DE SAMEDI SOIR !

Claude Klotz

DRÔLE DE SAMEDI SOIR !

suivi de

RUE DE LA CHANCE

et de

LE MOIS DE MAI
DE MONSIEUR DOBICHON

Illustrations :
Boiry

C'était quand même les samedis soir que Harper Delano Conway préférait.

Enfin ceux où il était seul.

Mais il n'avait pas à se faire du souci, il l'était pratiquement tous les samedis soir. Enfin seul dans cette maison de Long Island (État de New York, U.S.A.).

Dave et Cynthia passaient la tête par la porte vers sept heures trente, lui sentait l'after-shave et elle le printemps, même en plein novembre. Ils entraient dans sa chambre, escaladaient les rails de chemin de fer, les débris de panoplies, le camion de pompiers qui pouvait rouler quand il y avait des piles, les deux balles de tennis, la raquette de ping-pong, les journaux éparpillés, et venaient lui faire la bise en énonçant régulièrement, à chaque fois, trois suggestions qui se succédaient toujours dans le même ordre :

1° Tu devrais bien ranger un jour ta chambre.

2° Il y a du poulet froid dans le frigo mais ne vide pas le tube de mayonnaise dessus comme la dernière fois.

3° Ne regarde pas la télé trop tard, cela t'abîme les yeux.

Il y avait quelques rares changements ; Cynthia disait parfois non pas « cela t'abîme les yeux » mais « cela va finir par te faire mal à la tête ». Dave avait même prétendu que cela le rendrait idiot. Dave disait n'importe quoi lorsqu'il ne se sentait pas en grande forme, et il ne devait pas l'être ce jour-là.

Deux raisons pour lesquelles Dave pouvait ne pas se sentir en forme. C'était, soit que l'un des flics de l'avenue lui ait collé une amende pour stationnement interdit, soit que son

équipe favorite de football ait pris une dérouillée.

Il était arrivé parfois que l'équipe prenne la dérouillée et que Dave ait aussi une amende. À ce moment-là, il valait mieux se mettre du coton dans les oreilles, se retourner contre le mur et attendre que la terre cesse de remuer.

En général, Harper Delano Conway ne répondait rien. Il déposait un baiser sur la joue gauche de sa maman Cynthia, un autre sur la droite de son papa Dave, et lançait toujours sa formule :

« Salut et ne faites pas les fous. »

Dave et Cynthia retraversaient la pièce en sens inverse, tentaient d'éviter les obstacles et disparaissaient. Harper Delano entendait leurs pas s'éloigner dans le hall puis c'était le grondement du moteur de la Studebaker dans le garage ; il se levait alors, allait à la fenêtre pour les regarder partir... Il pensait à chaque fois que c'était ridicule d'avoir une si grande voiture pour deux personnes seulement, mais ni Dave ni Cynthia n'avaient eu l'air de comprendre lorsqu'il leur avait expliqué qu'une plus petite ferait aussi bien l'affaire.

Ce samedi soir-là, comme les autres samedis

soir, Harper s'étira, solitaire dans la maison, et commença les préparatifs en vue de la soirée.

Il prit sous son bras gauche une dizaine d'illustrés, quitta sa chambre, descendit à la cuisine, sortit l'assiette de poulet et pressa presque entièrement le tube géant de mayonnaise par-dessus : Harp adorait la mayonnaise. Il était incapable de résister, et la simple vue de cette belle couleur jaune le faisait saliver. Quand le poulet eut disparu sous la crème dorée, il alla se verser un grand verre de lait et grimpa sur une chaise pour dénicher au-dessus de l'armoire un paquet de corn-flakes au miel. Encore un truc à saliver. Il regarda la pendule électrique de la cuisine et constata qu'il était huit heures vingt-quatre.

Il n'y avait pas de temps à perdre et il accéléra les préparatifs.

À huit heures vingt-neuf, tout était terminé.

Harp se trouvait assis sur deux coussins dans le living de la famille Conway devant le poste de télé avec, autour de lui, des journaux à feuilleter pendant les publicités, le poulet mayonnaise, les corn-flakes, un verre de lait, un paquet de chewing-gums à la fraise et au citron, un crayon et du papier pour participer aux divers jeux, un chien Gouffy en peluche bleue et verte qui ne le quittait pas depuis qu'il lui avait été offert pour ses trois ans (et Harp Delano en avait dix), et enfin, pour couronner le tout, un paquet de cigarettes Gibbson qu'il avait pris dans la poche de la veste de Dave. Harp n'était pas un gros fumeur. Il avait un peu peur d'avoir mal au cœur au bout de trois ou quatre bouffées et éteignait à ce moment-là ; comme ça, la même cigarette pouvait lui durer un mois et demi, étant donné qu'il ne fumait que le samedi, lorsqu'il était sûr de ne pas être dérangé. Il avait tenté de calculer combien de temps le paquet durerait et le fait de savoir qu'il en avait pour plus de deux ans l'avait réconforté. En tout cas, c'était drôlement agréable, après les corn-flakes, de s'allumer la petite cibiche de la semaine... C'était peut-être le moment qu'il préférait, celui où il craquait l'allumette et où le tabac crépitait un peu au bout. Là, il se sentait devenir un homme, comme dans les séries policières qu'il aimait par-dessus tout.

Sur l'écran apparurent des visages et Harp s'installa avec un soupir de satisfaction : l'émission commençait. Il prit un morceau de poulet enrobé de mayonnaise et commença à manger, les yeux braqués sur le poste.

C'était l'émission qu'il préférait : il y avait des extraits de films marrants. Harp se demandait parfois s'il n'aimait pas mieux les extraits de films que les films tout entiers... Un film entier, c'était parfois un peu long alors que les extraits on n'avait pas le temps de s'ennuyer, et puis, évidemment, ils présentaient les meilleurs passages pour que les gens aient envie de voir le reste : même un enfant de dix ans aurait compris ça.

Il alluma sa cigarette ; c'était l'idéal, juste au moment où ils allaient passer un sketch de Jerry Lewis. Il plaça le bout filtre au milieu de sa bouche, avança les lèvres comme s'il embrassait Cynthia et s'apprêta à téter la première bouffée.

C'est alors que l'on sonna à la porte.

Harp fronça les sourcils.

Cela n'était jamais arrivé. Jamais.

Qui pouvait venir à cette heure-ci ? Dave

aurait-il oublié quelque chose ? Non, et dans ce cas-là, il aurait entendu le moteur de la voiture.

Lewis apparut sur l'écran, fit une grimace et ouvrit la bouche. Harp n'entendit pas ce qu'il disait parce que, au même instant, la sonnerie retentit pour la deuxième fois.

On s'impatientait.

Les Conway ne fréquentaient pas les voisins et personne ne venait jamais. La maison était isolée, presque en pleine campagne, à l'ouest de Long Island (État de New York, U.S.A.).

Harp n'aurait pas su dire pourquoi, mais il eut peur soudain. Le visiteur avait une façon vraiment brutale de sonner, jamais Dave ni Cynthia ne s'y prenaient ainsi lorsqu'ils avaient oublié leurs clefs.

Harp savait que l'on voyait la lumière de la rue, inutile donc d'essayer de faire croire que la maison était vide : celui qui sonnait avait compris qu'il y avait quelqu'un.

Harp se leva et se tint quelques secondes immobile au milieu des journaux, sa cigarette toujours à la main.

Il écouta ; dans le poste, les rires fusaient devant les grimaces de Lewis.

Un instant, Harp espéra que le visiteur était parti, mais la troisième sonnerie retentit, plus stridente que les deux autres.

Le chien bleu et vert semblait fixer le battant de la porte.

Harp soupira et traversa la pièce en direction de l'entrée. Il pensa qu'il n'était pas très rassuré mais qu'il ne pouvait pas passer la soirée à faire attendre quelqu'un... Après tout, c'était peut-être un copain de Dave, un collègue de bureau... Harp posa les doigts sur le bouton de la porte, le tourna et ouvrit.

L'homme attendait.

Il parut gigantesque à Harp, mais cela devait être un effet de la lune ; on voyait mal où s'arrêtait le sommet de sa tête sur le fond sombre des arbres.

L'étranger avança d'un pas et se trouva aussitôt dans l'entrée. Harp put le voir mieux : il était certain de ne jamais l'avoir rencontré. C'était en fait un homme de taille moyenne, dans les quarante ans, ses biceps roulaient sous le pull-over. Il portait une casquette à visière, des baskets démodées et un jean trop large. Il avait une musette sur le côté. Harp nota que la bandoulière de toile était nouée comme une ficelle. En plus, ce type ne devait pas s'être rasé depuis trois jours.

« Tu es seul, petit ? »

Harp ouvrit la bouche pour répondre :

« Oui » et il fut presque étonné de s'entendre dire : « Non, mes parents sont en haut. »

L'homme bougea la tête à cet instant et, de ce fait, Harp ne put voir son expression.

Il s'était décidé d'un coup à mentir parce que ce personnage lui semblait bizarre : cette musette, cette arrivée tardive..., cette mâchoire bleue...

« Je peux monter ?

— Sûr », fit Harp.

Ils montèrent, l'enfant ouvrant le chemin.

Arrivé sur le palier, Harp sourit et montra sa chambre.

« C'est par là. »

L'homme grogna, fit deux pas, se prit les pieds dans la locomotive du train électrique, se rattrapa de justesse contre le mur et, lorsqu'il eut repris son équilibre, il entendit derrière lui un double tour de clef.

Il se retourna, contempla une longue minute la porte close et dit avec beaucoup de grossièreté :

« Merde. »

Il souleva la visière de sa casquette, se gratta le front et alla examiner la serrure. Il tâta le bois de la porte, donna un coup de pied dedans, constata qu'elle était épaisse et se dirigea pensivement vers la fenêtre. Il l'ouvrit et regarda.

C'était haut. Un sportif pouvait s'en tirer avec une foulure mais lui n'était plus sportif depuis longtemps et il risquait de se faire très mal.

Il continua à se gratter la tête pensivement lorsque, brusquement, il sourit. Sur une étagère, au pied du lit de Harper Delano Conway, il avait aperçu le téléphone.

Harp emplit de corn-flakes le creux de sa main, et se mit à mâcher avec jubilation.

Il avait bien opéré.

Un cambrioleur sous les verrous.

Pas très malin le cambrioleur, d'ailleurs ; il s'était drôlement fait avoir. Quand Dave et Cynthia rentreraient, ils appelleraient la police et le tour serait joué.

Harp se renfonça dans les coussins en mâchant joyeusement. L'émission se poursuivait avec un exercice de trapèze. Harp adorait ça. Il avait toujours rêvé de se lancer dans les airs, d'être rattrapé à la dernière seconde et de

repartir comme une balle dans le ciel, lancé par une raquette géante.

C'est alors qu'il entendit le déclic.

D'un bond, il fut sur ses pieds ; il savait ce qui se passait. L'homme, là-haut, téléphonait à ses complices. La maison regorgeait de téléphones, il y en avait même un dans l'entrée.

Harp y courut et s'empara de l'appareil, qu'il décrocha à son tour. Il ne s'était pas trompé, ce qu'il entendait le prouvait bien.

« Il a fermé à clef, disait le prisonnier, et je ne peux pas sauter par la fenêtre, c'est trop haut. »

Une voix d'homme répondit ; elle avait un

accent espagnol ou italien, Harp n'aurait su dire.

« Mais qui a fait ça ?

— Un gosse, un gosse d'une dizaine d'années, il m'a fait monter et crac. »

À l'autre bout de la ligne, il y eut un rire et l'Espagnol reprit :

« Et tu t'es laissé faire ? »

Le prisonnier sembla soudain furieux.

« Je ne me méfiais pas, jamais je n'aurais pensé qu'il pourrait goupiller une chose pareille ; il avait l'air tout calme, il devait regarder la télé en mangeant des bonbons...

— Et que veux-tu que je fasse ?

— Il faut que tu viennes, bien sûr, je ne vais pas passer ma nuit là. »

Il y eut un silence au bout du fil, mais la réponse glaça le sang dans les veines de Harp.

« J'arrive. Je viens avec Walcho. »

Harp raccrocha tout doucement.

Deux hommes allaient venir... Cette fois, ce serait plus difficile. Harp bondit dans la cuisine : il était dix heures trois à la pendule électrique. Dave et Cynthia ne rentraient jamais avant minuit, plus tard même, souvent... Ils n'arriveraient pas à temps. Harp sentit la panique monter.

À la télé, les trapézistes saluaient à présent, les capes d'or ondulaient sur la piste.

Il fallait faire vite, très vite, mais que faire ?

La police. Bien sûr, il pouvait appeler la police mais à quel numéro ? C'est toujours si compliqué, tout ce qui se trouve dans un bottin...

Dehors, il y eut un bruit lointain de voiture. Peut-être était-ce eux, déjà...

Harp ramassa son chien, éteignit le poste de télévision et resta un instant hésitant. C'est alors que ses yeux tombèrent sur le tube de mayonnaise.

Andrews Walcho arrêta le moteur. Spalanchi baissa la tête pour mieux voir la villa qui se distinguait mal contre le feuillage des arbres.

« C'est ici, dit-il. À mon avis, c'est ici. »

Il avait un fort accent italien, il était né à San Francisco, mais ses parents venaient du Piémont.

« C'est ici », dit Walcho.

Spalanchi soupira et serra les dents.

« Arrête de répéter ce que je dis. T'as compris ?

— Compris », dit Walcho.

Spalanchi grogna et inspecta de nouveau les alentours.

« C'est bizarre, il n'y a pas une lumière, murmura-t-il.

— Il n'y a pas une lumière », dit Walcho.

Ils restèrent un long moment immobiles. L'intérieur de la voiture sentait le tabac froid et l'huile chaude.

« Je me demande où peut bien se trouver cet idiot, remurmura Spalanchi.

— Je me demande où est cet idiot », dit Walcho.

Spalanchi regarda le profil de son voisin qui se découpait sur la vitre.

« Je t'ai vu au zoo, cracha-t-il, je suis sûr que je t'ai déjà vu au zoo, du côté des gorilles. »

Walcho se tourna, étonné.

« C'est drôle, dit-il, moi je ne t'ai pas vu ; pourquoi tu ne m'as pas fait signe ? »

Spalanchi pensa que s'il ne voulait pas devenir fou furieux, il valait mieux qu'il se retrouve seul.

« Va dans la villa chercher Wilbur, dit-il. Je t'attends ici. »

Walcho sortit avec peine. Il pesait 127 kilos 243 grammes. Il avait acheté une balance de pharmacien et se pesait régulièrement chaque matin car « qui bien se pèse bien se connaît » et, ainsi, Walcho se connaissait tous les matins.

Il fit trois pas en direction de la villa et revint vers Spalanchi.

« Et si la porte est fermée ? chuchota-t-il.

— Fais ce que tu veux, hurla Spalanchi, l'essentiel est que tu délivres Wilbur, on va quand même pas le laisser là-haut.

— On ne va pas le laisser là-haut », dit Walcho.

Il repartit dans la nuit obscure.

Pas une lumière, il semblait que la maison fût déserte.

À tâtons, les doigts épais de Walcho effleurèrent le mur, rencontrèrent le bois de la porte, glissèrent encore et son gros index enfonça le bouton de la sonnette.

Pas un bruit.

« La sonnette est cassée », pensa Walcho.

Il redescendit vers la voiture où se trouvait

Spalanchi. Il marchait plus vite cette fois, ses yeux commençaient à s'habituer à l'obscurité.

Spalanchi se pencha par la portière lorsque la masse imposante de son compagnon se dressa à quelques pas de lui.

« La sonnette est cassée », dit Walcho.

Les poings de Spalanchi se serrèrent et il sentit ses oreilles lui brûler.

« Débrouille-toi, cracha-t-il entre ses dents, il faut délivrer Wilbur. »

Déjà, Walcho repartait.

« Il faut délivrer Wilbur », dit-il à mi-voix.

De nouveau, il se retrouva devant la porte. À présent, il la distinguait tout à fait bien. Il plia l'index et frappa timidement.

Spalanchi ne le perdait pas de vue. Il sursauta lorsqu'il vit le gorille revenir vers lui.

Walcho passa sa tête sphérique à travers la portière et souffla :

« La porte est ouverte. »

Spalanchi eut du mal à s'empêcher de pleurer, il alluma deux cigarettes d'un coup et parvint à se maîtriser.

« Alors, entre », râla-t-il.

Walcho rejeta la tête en arrière.

« D'accord, dit-il, j'entre. »

Une nouvelle fois, Walcho repartit vers la villa. Il poussa la porte doucement et fit un pas à l'intérieur. Tout était noir. Une panne d'électricité, sans doute, et pas la moindre allumette sur lui. Il pensa retourner vers Spalanchi pour lui demander sa boîte mais eut peur d'être mal reçu. Il ne comprenait pas pourquoi, mais Spalanchi se mettait toujours en colère contre lui ; c'est comme lorsqu'il l'avait vu au zoo, pourquoi ne pas lui avoir fait signe ?... Ce n'était pas un véritable ami.

Les bras tendus devant lui en aveugle, Walcho avança. Sa main gauche rencontra un objet rond en même temps que son pied heurtait une marche.

« Un escalier », pensa Walcho. L'objet rond était une boule, et comme elle se trouvait au pied d'un escalier, c'était donc une boule d'escalier.

« Wilbur... », chuchota Walcho.

Silence.

Le géant toussota et appela un peu plus fort.

« Wilbur ! »

Cette fois, il entendit quelque chose : on remuait au-dessus de sa tête et, brusquement, la voix de Wilbur s'insinua, étouffée par l'épaisseur d'une porte.

« C'est toi, Walcho ?... Dépêche-toi, je suis au premier. »

Walcho sourit de satisfaction dans le noir et commença à grimper.

À l'autre bout de la pièce, sous le divan, Harper Delano Conway se mit à compter les marches. Son cœur frappait aussi fort que les semelles d'Andrews Walcho. Il ferma les yeux et adressa une prière fervente au Superman Céleste.

C'était la quatorzième qui comptait. Il fallait attendre la quatorzième marche. Dans quelques secondes, ce gros bonhomme l'aurait atteinte.

Huit, neuf, dix, onze... Walcho s'arrêta.

« Tu es au premier ? chuchota-t-il.

— Oui, répondit Wilbur, je viens de te le dire, ne répète pas toujours tout, dépêche-toi, ce gosse a dû laisser la clef sur la porte.

— La clef sur la porte », dit Walcho.

Il recommença à monter.

Douze, treize...

« On n'y voit vraiment rien », soupira Walcho.

Il leva la jambe, posa son pied sur la quatorzième marche et sa semelle dérapa comme s'il s'était trouvé sur la piste de glace de Holiday on Ice ; sa jambe monta plus haut que sa tête, la deuxième suivit la première.

« Oh ! » dit Walcho.

Son corps se retourna dans l'air comme une crêpe au-dessus d'une poêle à frire et le fracas de la chute fit trembler les murs.

Harp se recroquevilla, serrant son chien bleu-vert et allongea la main vers la lampe électrique. Il se souleva et éclaira la pièce.

Walcho gisait au pied des marches avec, au sommet du crâne, une bosse de la dimension d'un œuf à la coque peint en violet. Sous sa semelle gauche, il y avait encore une belle épaisseur de mayonnaise. Elle avait giclé le long de la tapisserie, la quatorzième marche en était encore couverte, Harper Delano Conway l'ayant tartinée très soigneusement.

Harp contempla le colosse et comprit qu'il en avait pour quelques heures avant de se réveiller.

« Walcho ?... chevrota la voix inquiète de Wilbur. Qu'est-ce qui est arrivé ? »

Spalanchi entendit le grondement de la chute.

Il fronça les sourcils, éteignit le mégot de sa King Size Travolta dans le cendrier et réfléchit rapidement.

Qu'est-ce qui avait bien pu se passer ? Ce Walcho était tellement idiot qu'il était capable de démolir la moitié de la maison sans même s'en apercevoir. Le mieux était d'aller jeter un coup d'œil.

Spalanchi sortit, ferma la portière et, les mains dans les poches, s'approcha de la maison. Walcho avait trouvé la porte ouverte, il n'y avait donc pas de difficultés. Il tourna le bouton : elle était fermée.

« Ce n'est pas possible, murmura-t-il, il se passe quelque chose dans cette maison ? »

Il sonna. Cette fois, la sonnerie retentit. Ce Walcho était vraiment un imbécile. Il avait dit que la sonnette était cassée, elle marchait, il avait dit que la porte était ouverte et elle était fermée.

« Voulez-vous m'aider ? » demanda une voix fraîche.

Spalanchi leva la tête.

Un enfant se tenait penché à l'une des fenêtres du premier étage.

« Je suis enfermé, dit Harp, j'ai perdu la clef ; il faut que vous fassiez le tour de la maison, il y a une échelle, vous montez sur le toit et, de là, vous pourrez passer par le grenier : il y a une trappe pour redescendre. »

Spalanchi grommela, contourna la maison et monta à l'échelle. Sa mauvaise humeur s'accrut d'avoir à se livrer à un pareil exercice alors qu'il aurait pu être au lit ou en train de regarder la télévision ou encore en train de boire de la bière en boîte chez Ma Barton en mangeant des spaghetti bolonaise ; il y a tellement de manières de passer plus agréablement un samedi soir que de grimper sur une échelle.

Finalement, ses doigts rencontrèrent le zinc de la gouttière et il vit au clair de lune qui brillait sur les tuiles qu'il était arrivé.

Une chance, le toit était presque plat, comme une terrasse. Il avança cependant avec précaution, cherchant la trappe. Il fit le tour de la cheminée, marcha vers le coin droit, longea le grand côté, atteignit le coin gauche, prit le petit côté, le suivit, revint au centre et constata qu'il n'y avait pas de trappe. Le gosse avait dû se tromper.

Il ne restait plus qu'à redescendre.

Spalanchi prononça quatre jurons piémontais à la file et rejoignit l'endroit où se trouvait l'échelle.

Elle n'y était plus.

D'en haut, il vit la petite silhouette de Harper Delano Conway qui était en train de la coucher dans l'herbe.

Spalanchi s'assit au bord de la gouttière, les pieds dans le vide, et commença à contempler rêveusement les étoiles. Il se promit également de brûler un cierge à l'église la plus proche si quelqu'un trouvait le moyen de le faire redescendre avant l'arrivée des premiers froids.

D'en bas, Harp contempla la forme immobile de Spalanchi et s'offrit un nouveau chewing-gum à la fraise. Il pensa qu'il l'avait bien mérité et que, jusqu'à présent, il ne s'était pas trop mal débrouillé. Il rentra dans la maison, ralluma le poste de télé et constata avec regret

que l'émission était finie ; ils passaient un dessin animé qui lui parut vraiment trop gamin et il allait éteindre à nouveau lorsqu'il entendit le déclic du téléphone.

Le cœur de Harp recommença à battre plus vite. Il venait de comprendre que la soirée n'était pas finie : Wilbur continuait à appeler au secours.

« Je ne comprends rien, dit Ma Barton, qu'est-ce que c'est que cette histoire ?

— C'est trop compliqué à t'expliquer ; dis à Gillings de se ramener et vite, on a besoin de lui. »

La patronne s'accouda au bar et fronça les sourcils.

« Écoute, Wilbur, tu connais Gillings, il n'est jamais aimable ; s'il ne sait pas exactement de quoi il s'agit, il ne viendra pas, surtout à cette heure-ci. »

Ma Barton renifla avec force ; c'était une femme qui n'avait pas reçu une excellente éducation, mais cela n'avait pas d'importance car sa clientèle ne lui en voulait pas pour ça. Elle tenait un café minuscule près des docks et si on voulait autre chose que de la bière en boîte et des spaghetti bolonaise, il fallait aller ailleurs car il n'y avait pas autre chose.

« Écoute, dit Wilbur, je suis enfermé, Spalanchi est sur le toit et Walcho Dieu sait où... »

Les yeux de Ma Barton s'écarquillèrent.

« Qu'est-ce que fait Spalanchi sur le toit ?

— Il y est monté et on a retiré l'échelle, dit Wilbur.

— Pourquoi ? »

La voix de Wilbur monta en flèche comme chaque fois qu'il commençait à s'énerver.

« J'en ai assez, dit-il, je ne vais pas moisir ici toute la nuit ; envoie Gillings ou ça va mal aller ! »

Ma Barton écarta l'écouteur de son oreille.

« D'accord, dit-elle, d'accord. C'est d'accord, d'accord. »

Elle raccrocha, dit encore une fois « d'accord », et appela Gillings. Du fond de la salle, une voix répondit « Présent », et Gillings apparut.

Il portait un pantalon coquelicot, des chaussettes vertes, une chemise bleue, des baskets roses et avait le teint jaune. Il avait une vingtaine d'années et, depuis six mois, essayait chaque matin de se coiffer comme John Travolta. Il n'y parvenait pas mais se consolait en pensant que, de toute façon, cela ne changeait pas grand-chose : comme il mesurait un mètre quarante-cinq, il n'arriverait jamais à lui ressembler.

En deux mots, Ma Barton le mit au courant.

Gillings réfléchit, arrangea une mèche qui dépassait sur sa tempe et dit :

« Je vais y aller. »

Il alluma une cigarette, aspira une bouffée et ajouta :

« Mais si jamais ils cherchent à me faire une blague, ça va chauffer pour eux. »

Harp serra le chien Gouffy contre lui.

Jusqu'à présent, tout avait bien marché ; mais ce n'était pas fini, loin de là ; Gillings allait venir, et celui-là serait peut-être plus malin que les autres.

BARTON

Il alla à la cuisine et regarda la pendule : onze heures deux. Décidément, jamais le temps n'avait été aussi lent que ce soir, les aiguilles n'avançaient pas.

Il se souvint des westerns qu'il aimait regarder ; s'il avait été un des héros, il s'en serait sorti drôlement facilement, mais il ne se trouvait, hélas ! pas dans un film, personne ne crierait « coupez » lorsque Gillings se jetterait sur lui.

Harp frissonna et se mit à réfléchir à toute vitesse...

Soudain, il se leva, le chien à deux couleurs sous le bras, contourna le corps de Walcho, qui souriait toujours en dormant, et pénétra dans le garage.

Contre le mur, il y avait l'établi.

C'était là que Dave s'installait en général le dimanche matin vers dix heures et en ressortait vers dix heures cinq en hurlant de douleur parce qu'il venait de se taper sur un doigt un coup de marteau, de se scier un index, de se raboter un pouce ou de se laisser tomber la plus lourde des clefs anglaises sur le pied. Dave était de loin l'homme le plus maladroit de tous les États-Unis, peut-être même du monde entier.

Pourtant, il aimait bricoler et possédait plein d'outils compliqués et inutiles.

Harp fouilla un instant sous l'établi dans les tournevis, les caisses de clous, les limes, et son visage s'éclaira : il venait de trouver ce qu'il cherchait.

Avec un peu de chance, ça pourrait fonctionner.

Harp se releva et marcha vers la porte d'entrée. Il portait un rouleau de quinze mètres de fil électrique, une scie, également électrique, et son chien Gouffy à deux couleurs.

Gillings reconnut la voiture de Spalanchi stationnée devant la maison.

Il arrêta le moteur de sa moto et regarda sur le toit ; il aperçut Spalanchi debout, qui semblait s'ennuyer mortellement.

« Salut », dit Gillings.

Spalanchi ne répondit pas à cet appel amical. Même dans le noir, on pouvait se rendre compte qu'il était en colère.

« Qui est là ? aboya-t-il.

— C'est Gillings », dit Gillings.

Spalanchi se rapprocha un peu du bord et se pencha.

« Fais attention à toi, dit Spalanchi, il y a un môme dans cette maison qui est drôlement futé. Il va essayer de t'avoir. »

Gillings se mit à rire.

« C'est un môme qui t'a collé la-haut ?

— Exactement. Il a enfermé Wilbur et Dieu sait ce qu'il a fait de Walcho. »

Gillings se mit à rire si fort que ses yeux s'emplirent de larmes.

« C'est la meilleure, dit-il, la meilleure de l'année. »

Spalanchi chercha quelque chose à lancer mais ne trouva rien.

« Ne te fais pas avoir, gros malin, et d'abord, cherche l'échelle pour que je descende, elle doit être dans le jardin. »

Gillings regarda autour de lui et s'approcha des fourrés... Il vit l'échelle contre un massif de troènes. Il la souleva, traversa le jardin et la posa contre le mur de la maison. Elle n'arrivait pas à la hauteur du premier étage.

« Trop court », dit Gillings.

D'en haut, Spalanchi avait tout vu.

« Il l'a sciée, gémit-il... Il m'a bien semblé

entendre tout à l'heure un bruit de moteur. Ce gosse est un démon. »

Gillings haussa les épaules et remonta son pantalon.

« Ne t'inquiète pas, Spalanchi, dit-il, personne ne peut se vanter d'avoir jamais possédé Gillings. Où est Wilbur ?

— Au premier, la fenêtre de la chambre donne de l'autre côté. »

À petits pas dandinés, Gillings fit le tour et se posta sous la fenêtre de Wilbur.

« Hello ! » dit-il.

Wilbur apparut.

« Fais attention, ce gosse est un démon.

— C'est ce que dit Spalanchi, plaisanta Gillings... Vous affolez pas, les p'tits gars, je suis le chevalier qui entre dans le château fort et délivre la belle demoiselle. »

Il alluma une cigarette négligemment, souffla la fumée par les narines, toussa et se redressa au maximum pour ne pas perdre un seul de ses cent quarante-cinq précieux centimètres.

« On ne la fait pas à Gillings », dit-il tout haut.

Il pensa que, pour entrer dans une maison, le plus simple était encore de sonner. Gillings posa l'index à l'endroit où devait se trouver le bouton et sauta si haut qu'il faillit retomber sur le toit à côté de Spalanchi. Il atterrit à cinq mètres de la porte, les fesses dans les fusains. Il suça son doigt endolori et se souvint que, à la place du bouton, il avait touché deux fils dénudés. Posément, il articula :

« Électricité.

— Qu'est-ce qui t'arrive ? demanda Spalanchi qui l'avait vu traverser les airs.

— Du 220, dit Gillings, j'ai pris du 220. »

Il se releva avec précaution et observa les alentours. Ce n'était pas si simple que cela en avait eu l'air. Entrer par les fenêtres pouvait être dangereux ; ce gamin, s'il était capable de transformer une sonnette en chaise électrique, devait également avoir mis des pièges derrière chaque fenêtre... C'était peut-être un bricoleur de génie... Soudain, Gillings sourit ; il venait d'apercevoir, sur l'un des côtés de la maison, une porte métallique. Ce devait être celle du cellier ou de la cave... C'est par là qu'il fallait s'introduire.

Sans un bruit, comme un Indien dans un film, il se glissa jusqu'à la porte, l'ouvrit avec effort, huma le parfum de confiture et de sal-

pêtre qui montait des profondeurs et, satisfait, commença à descendre les marches... Doucement, pour ne pas éveiller l'attention, il referma le battant derrière lui et disparut.

Harp compta jusqu'à trois, sortit du fourré

et tourna le lourd verrou de fer qui bloquait l'entrée de la cave. Il respira à pleins poumons l'air frais de la nuit et rentra dans la maison en sifflant *Yankee Doodle Dandy.*

Spalanchi qui avait tout vu du haut de son observatoire s'assit lentement et se prit la tête à deux mains.

Harper Delano Conway bâilla et regarda son chien droit dans ses yeux de verre.

« On en parlera peut-être à la télé demain, dit-il : "Un jeune garçon parvient à maîtriser quatre dangereux bandits ; il en enferme un dans la cave, l'autre dans sa chambre, bloque le troisième sur le toit et assomme le plus gros." Ce n'est pas mal. »

Il se sentit fatigué soudain et ajouta :

« J'espère qu'il n'en viendra plus à présent. De toute façon, Dave et Cynthia ne vont pas tarder. »

Il décida de s'installer sur le divan du salon, coucha le chien à côté de lui, ferma les yeux, commença à rêver à une montagne de cornflakes couverte de mayonnaise et s'endormit dans les trente secondes, pleinement satisfait de sa soirée.

Il eut même, avant de sombrer, l'impression qu'il s'était mieux amusé que d'habitude ; il en conclut que la vie pouvait être aussi drôle que la télévision, ce qui lui fit plaisir, il ne savait pas pourquoi.

Cynthia ramena une couverture jusqu'au menton de Harper et s'assit près du divan sur le rocking-chair, qui oscilla doucement.

Dave mit sa main sur l'épaule de sa femme et soupira.

« Incroyable ce que ça peut dormir, un enfant, dit Wilbur attendri.

— Ça dort incroyablement, un enfant », dit Walcho.

Spalanchi se retourna vers lui et loucha sur l'énorme bosse du colosse.

« Arrête de répéter tout ce que l'on dit », cracha-t-il.

Gillings s'époussetait toujours. À la cave, il était tombé dans un coin empli de toiles d'araignée et n'arrivait pas à s'en débarrasser complètement.

« En tout cas, dit Wilbur, rien ne m'ôtera de l'idée que vous auriez dû le prévenir que le plombier allait passer pour vérifier le joint de la baignoire ; ça nous aurait évité pas mal de complications.

— C'est ma faute, dit Dave, mais je pensais que vous ne viendriez plus ; le samedi soir, les gens ne travaillent pas, en général.

— Nous si », grogna Spalanchi.

À travers les voilages qui recouvraient la fenêtre, le jour se levait doucement ; la bosse de Walcho devenait couleur de beurre frais.

« Le plus bête de tout, dit Cynthia, c'est que d'habitude nous ne rentrons jamais au matin, mais nous avons eu une panne de voiture. »

Wilbur haussa les épaules et continua à regarder dormir Harper.

« Il nous a pris pour des cambrioleurs », dit-il, rêveur.

Gillings remonta son pantalon et lâcha :

« C'est vrai que vous avez de drôles d'allures, on dirait que vous sortez de prison. »

Wilbur grimaca.

« Ne les écoutez pas, on est tous des copains,

ça fait plus de dix ans qu'on travaille ensemble ; quand un de nous a des problèmes, les autres arrivent pour lui prêter main-forte.

— Je vois ça », dit Dave.

Ils regardèrent encore le soleil arriver juste dans l'échancrure de la vallée.

« La meilleure entreprise de plomberie de la région », dit Spalanchi.

Wilbur s'étira.

« Au fait, je ne voudrais pas repartir sans vérifier votre baignoire. »

Cynthia se leva doucement.

« Je vais vous faire du café », dit-elle.

Tous sortirent sur la pointe des pieds de la pièce où Harp dormait toujours. Dans le couloir, Wilbur prit le bras de Dave.

« Si vous voulez mon avis, ne lui dites pas que nous sommes des plombiers, ça lui ferait de la peine de s'être trompé. »

Dave hocha la tête.

« J'allais vous le proposer, dit-il. C'est tellement plus merveilleux de maîtriser quatre dangereux bandits... »

Le soleil s'était complètement levé à présent ; un rayon tordu réussit à passer par la fente d'un rideau et frappa Harp juste sur la paupière gauche.

Harper Delano Conway frémit, se retourna et se rendormit, la joue sur le côté bleu de son chien Gouffy.

Rue de la Chance

Andros Borknan rentra le ventre, se glissa avec effort entre son fauteuil de cuir anglais et le rebord de son bureau Empire, s'assit, ressortit le ventre, et le bureau avança de vingt-cinq centimètres sous la poussée.

Borknan soupira.

Malgré des heures passées dans son sauna personnel, malgré des massages journaliers effectués par les meilleurs spécialistes de Madison Avenue, une chose restait certaine : chaque fois qu'il montait sur la balance, elle marquait toujours cent vingt kilos.

Borknan chercha de ses doigts boudinés, alourdis par les chevalières, un corona gros module dont il aspira la première bouffée avec délices. Il reposa sur la marqueterie un briquet en platine brut serti de diamants et regarda par la baie la ville qui s'étalait par-delà les terrasses.

Comme chaque matin, pour se remonter le moral, il bougea la tête à droite et à gauche malgré le bourrelet de graisse.

À gauche, sur le panneau, il pouvait contempler un Rubens dont les principaux musées du monde lui offraient des sommes exorbitantes ; sur la droite, une aquarelle représentait une marguerite dans un verre d'eau qui semblait avoir été peinte de la main gauche un jour de grand vent. Cette aquarelle, aussi, avait été convoitée par beaucoup de gens car elle avait été peinte par Andros Borknan lui-même, l'un des hommes les plus riches du monde, l'un des hommes les plus craints de l'univers.

Borknan préférait la marguerite au Rubens car c'était lui qui l'avait faite ; c'était là un trait de son caractère, et peut-être un des secrets de sa prodigieuse réussite : tout ce qui sortait de ses mains ne pouvait être que parfait.

Sur le bureau de bois précieux, Borknan posa ses doigts gras et courts et commença à pianoter. Il bâillait, lorsque le téléphone sonna.

« Monsieur Borknan ?

— Oui.

— Trevord, de Detroit ; j'ai eu quelques problèmes dernièrement avec les frères Delano, ils refusent de nous verser un pourcentage sur les parties de dés qu'ils organisent dans leur garage chaque samedi et... »

Borknan rejeta par les narines un flot de fumée parfumée.

« Tuez-les », dit-il.

La voix cassa au bout du fil.

« Mais...

— Tuez-les », répéta Borknan.

Il y eut un silence soudain, puis la voix reprit :

« Quand ? »

Borknan écrasa l'énorme cigare dans le cendrier de marbre.

« Ils seront morts ce soir », dit-il.

Il raccrocha et étala ses jambes massives.

Depuis quelques mois, des incidents sem-

blables se produisaient : sur tout le territoire qu'il contrôlait, des patrons de bars, de dancings, de boîtes de nuit refusaient de verser la part qui lui était due. Cela était insupportable.

Borknan remua son torse épais sous sa chemise de soie marquée à son chiffre.

Il y avait plus de quarante ans, un jeune homme malingre avait débarqué d'une île grecque sur un vieux rafiot bourré d'immigrants ; ce jeune homme n'avait jamais mangé autre chose que des pastèques et du fromage de chèvre et il s'était juré deux choses : la première était de devenir riche, la deuxième, de ne reculer devant rien pour y parvenir. Quarante ans plus tard, Borknan pouvait dire qu'il avait tenu les deux parties de sa promesse : il était l'empereur des jeux sur l'ensemble des États-Unis et, pour y arriver, il avait abattu et fait abattre plus de quatre cents personnes.

Sa route était jonchée de cadavres, mais cela en valait la peine ; il possédait deux chaînes d'hôtels entre les deux océans, des actions dans des sociétés de recherche pétrolière, des maisons de production de disques, il contrôlait des banques et avait à sa disposition permanente, sur le toit du building qui portait son nom, un hélicoptère qui pouvait le conduire directement soit à un yacht de huit cents tonneaux embossé dans une rade privée près de San Juan à Porto Rico, soit dans un chalet avec pistes de ski privées dans le Saskatchewan, soit dans son lieu de méditation favori : la reproduction exacte, grandeur nature, de Notre-Dame de

Paris qu'il avait fait bâtir dans une vallée, au cœur des Rocheuses.

Borknan reçut encore ce matin-là quatre nouveaux coups de téléphone ; le premier, de l'ingénieur chargé de lui construire une piscine souterraine en forme de lac Léman, et qui lui donna l'état actuel des travaux ; le deuxième, en provenance d'un palais du Koweït, lui apprit que la construction de son 724ᵉ pétrolier était en bonne voie ; le troisième était une demande des syndicats de l'une de ses usines, concernant une augmentation de 0,07 pour 100 sur le salaire de base qu'il refusa d'un grognement ; le quatrième, de l'un de ses chefs comptables, l'informait qu'il avait gagné, durant la dernière semaine, 147 823 432 dollars et 15 *cents* sur l'ensemble de ses affaires.

Borknan nota le chiffre avec son stylo d'or fin, ouvrit le tiroir de son bureau et s'octroya une demi-cacahuète grillée, seul excès que lui autorisait la médecine.

Il eut le sentiment de l'avoir bien méritée. Devant cet afflux de chiffres, il oublia instantanément l'existence des deux frères Delano.

Il eut tort.

Andréa Vinford ouvrit un œil sur le jour gris. Elle n'eut pas besoin de regarder le petit réveil de voyage placé au pied du lit pour savoir qu'il était six heures quinze. Elle se réveillait tous les matins à six heures quinze depuis qu'elle habitait New York. Cela remontait déjà à un mois et demi.

Elle s'étira, pensa comme chaque jour qu'elle resterait bien encore un peu sous les couvertures et se leva. En robe de chambre, elle trottina vers la cuisine et commença à faire du café. Elle avait toujours beaucoup de mal à trouver le sucre, la cafetière électrique et le mixer pour le jus d'orange. Henry était gentil ; chaque matin, il lui reprochait de s'être levée si tôt mais il était heureux tout de même de ne pas avoir à préparer son café... Martha ne le faisait jamais et ne se levait parfois que vers onze heures, de sorte qu'elle, Andréa, devait rôder en silence dans l'appartement sans oser faire le moindre bruit ; elle prenait de plus en plus une allure de souris effrayée.

Bien sûr, elle aurait pu sortir, mais New York la terrorisait ; elle était incapable de s'y retrouver, tout était si compliqué, si bruyant... Ce n'était pas à soixante-douze ans qu'elle pouvait devenir une citadine...

Soixante-douze ans..., et Andréa Vinford avait passé ces soixante-douze années à Tocadoe, un petit village de la Nouvelle-Angleterre, soixante-douze années de bonheur dans la ferme au creux des collines, la neige l'hiver, les fleurs au printemps, les moissons, les écureuils toute l'année, les chats, le travail dans le vent et le soleil... C'est là qu'elle était née, c'est là qu'elle s'était mariée avec Buck Vinford, c'est là qu'Henry était né... Le bonheur...

Et puis, à la fin de l'hiver dernier, Buck était mort, Buck qui chantait si bien au temps de la jeunesse et dont le sourire avait illuminé sa vie... Elle aurait pu rester seule à la ferme, s'occuper des bêtes, cultiver le jardinet près de la rivière, mais Henry n'avait pas voulu la laisser. C'était un bon fils.

Elle avait accepté sous le coup de l'émotion, trop malheureuse pour pouvoir réagir, pour oser refuser... Depuis, elle couchait dans le salon, sur le divan, au dix-huitième étage de la tour de la 77e Rue, si loin des collines d'autrefois.

Et puis, il y avait Martha.

La femme d'Henry, sa belle-fille.

C'est à la fin de la première semaine de son séjour qu'Andréa s'était aperçue du changement. Cela tenait à peu de chose : les sourires de Martha s'étaient espacés... puis ils avaient

cessé complètement. Même le matin, lorsqu'elle sortait de sa chambre avec ses bigoudis et ce peignoir à bordure de plumes violettes, elle ne souriait plus. Et, depuis trois jours, elle ne disait plus bonjour non plus. Andréa, elle, s'était faite au contraire plus aimable.

« Bonjour, Martha, vous avez bien dormi ? »

L'autre ne répondait pas et buvait, sans un regard vers la vieille dame, le café préparé pour elle.

Andréa était décidée à n'en pas parler à Henry : surtout ne pas mettre de la brouille dans le ménage.

Et puis, il avait déjà ses soucis, il ne gagnait pas assez d'argent.

Bien sûr, le fait d'avoir très vite vendu la ferme et les terres les avait aidés, mais ce ne serait pas suffisant... Pas plus que le peu d'économies qu'elle avait pu faire et qu'elle leur avait données.

Andréa embrassa son fils, bavarda avec lui à voix basse tandis qu'il déjeunait, puis se retrouva seule.

Elle s'approcha de la fenêtre et regarda un moment les voitures minuscules au-dessous

d'elle. Les toits jaunes des taxis. Cela lui donnait le vertige.

Et puis, il faisait si gris, une buée sale flottait partout. Le soleil était resté là-bas, en Nouvelle-Angleterre... Même Jimmy Carter, son chat, qu'elle n'avait pas pu apporter. Martha n'avait pas voulu, elle avait dit qu'elle craignait pour ses rideaux..., et il n'y avait même pas de rideaux. Qui s'occupait de lui en cet instant ?

La vieille dame recula dans le fond du salon, fit soigneusement son lit et s'assit, les mains jointes sur ses genoux, dans le silence de l'appartement...

Peut-être allait-elle mourir ici... Elle se sentait si triste, si fatiguée soudain.

Andréa Vinford baissa la tête et se mit à pleurer.

Andros Borknan vit les deux battants de la porte en chêne massif plaqué acajou s'ouvrir devant lui.

Il entra dans la salle du conseil.

Tout de suite, à la seconde même où son escarpin écrasait la haute moquette, il comprit que cette séance ne serait pas identique à celles qui avaient précédé, et cela pour une raison simple : le silence n'était pas total.

Depuis plus de quinze ans qu'il régnait en bout de table en tant que président de la Borknan and Co, l'habitude était prise : il était accueilli dans un silence parfait. La marque du respect dû au maître.

Or, ce matin-là, comme des écoliers indisciplinés, la plupart de ses conseillers chuchotaient encore.

Le poing massif de Borknan s'abattit sur la table et l'or de sa chevalière s'écrasa sur le bois dur dans un claquement de 6,35. Dans un

réflexe éclair, la plupart des mains droites des participants disparurent dans l'échancrure des vestons en direction des crosses de leurs revolvers... Borknan les regarda, mâchant son cigare.

« On se tait quand j'arrive, je ne le répéterai pas. De plus, je vous ai déjà dit de venir sans armes ; ici, c'est un conseil d'administration, pas un stand de tir ; vous êtes des hommes d'affaires ; on ne braque plus les banques, ce serait idiot puisqu'elles nous appartiennent. »

Il y eut quelques ricanements obséquieux et tous s'assirent.

Ils étaient six. C'étaient les anciens, les fidèles ; tous avaient, au temps de leur jeunesse, passé plus de temps à courir devant la police que dans les cours de lycée, mais ce temps était révolu, ils dirigeaient chacun l'un des secteurs des activités du patron.

Andros laissa son regard errer sur les visages ; à travers ses paupières lourdes, l'œil brillait, un œil qui ne laisserait échapper aucun détail.

La flamme du briquet pétilla sur l'extrémité du long cigare de havane blond et la voix de Borknan retentit.

« Des bruits courent, dit-il, vous allez m'expliquer ce qui se passe, et soyez clairs : je vous paie pour ça. Vinchez. »

Vinchez ne bougea pas d'un millimètre. C'était un type grand et voûté, ressemblant à un fil de fer barbelé courbé par la tempête. Sa voix était rouillée et râpeuse.

« Les trois usines de Cleveland sont en grève, dit-il, j'ai tout essayé, rien n'a marché, ils veulent cette augmentation et ils ne céderont pas. »

Borknan se pencha, menaçant.

« Les usines, c'est ton secteur et je t'ai prévenu dès le premier jour où tu as posé tes fesses sur ce fauteuil : pas de grève. Débrouille-toi comme tu veux, mais pas de grève. Paie les meneurs, tabasse-les, fais des promesses, mais ces usines doivent tourner. Je te donne trois jours pour redresser la situation. Prends des hommes ; tu as trois jours devant toi, pas quatre : trois. »

Vinchez fixa les trois doigts que Borknan brandissait vers lui et hocha la tête.

« Pas la peine, dit-il, c'est foutu, Andros, les types sont remontés à bloc, rien ne pourra les faire changer d'idée, j'ai tout essayé.

— Essaie encore, dit Borknan, et rappelle-toi, c'est toi ou c'est eux. À ta place...

— Il a raison, dit Porinsky, y'a plus rien à faire. »

Tous tressaillirent ; on ne devait pas interrompre le boss lorsqu'il parlait, c'était une des règles d'or, une des règles que Porinsky venait d'enfreindre.

Porinsky avait eu le nez cassé par un coup de matraque, une oreille en chou-fleur éclose sur un ring de banlieue, la mâchoire déviée par une batte de base-ball, une joue fendue par une bagarre au rasoir, deux fractures du crâne par suite de chocs répétés avec un tabouret de bar et une cicatrice frontale due à une balle blindée. C'était un homme très calme.

Il était le préféré de Borknan ; peut-être pour

cette raison Andros négligea-t-il l'incorrection dont il s'était rendu coupable.

« Explique-toi, dit-il.

— Moi aussi, j'ai des problèmes, dit Porinsky ; ça fait trois dimanches que je n'arrive pas à recouvrer nos pourcentages sur les courses, pourtant les gars me connaissent, ils savent que je ne suis pas un plaisantin, mais rien à faire... ils ne paient plus. »

Borknan aspira deux bouffées rapides.

« Comment tu expliques ça ? Mais enfin, ce n'est pas possible, tout marchait parfaitement bien... »

À l'autre bout de la table, le vieux Carsen s'éclaircit la voix. C'était le doyen et tous le respectaient. Il avait été condamné par la justice à cent soixante-quatre ans de prison mais avait réussi une évasion spectaculaire vingt-trois ans auparavant. La chirurgie esthétique avait tellement transformé son visage qu'il lui arrivait encore de se dire bonjour lorsqu'il se rencontrait dans la glace de sa salle de bains.

« Tous les secteurs craquent, dit-il ; à mon avis, il y a quelqu'un derrière tout ça. »

Borknan regarda le vieil ex-gangster et fronça le sourcil.

« Explique-toi.

— J'ai fait une enquête. Tout a commencé à se détériorer à partir de la mort d'un des frères Delano à Cleveland. »

Borknan mordit dans son cigare et rejeta la tête en arrière ; cela remontait à quinze jours à peine..., il avait donné l'ordre d'abattre les Delano, mais l'un d'eux s'était enfui... Quel rapport pouvait-il y avoir entre ces deux minables et ces lézardes qui, par milliers, fissuraient son empire ?

« Je me suis renseigné, dit Carsen, et j'ai appris quelque chose qui ne va pas te faire plaisir mais qui aura le mérite de tout expliquer : Mario Delano est un cousin au troisième degré de Carmela López. »

Borknan fixa Carsen.

« Comprends pas », dit-il.

Carsen eut une grimace qui fit onduler son visage comme une mer.

« Carmela López est la femme de Nino de Spendoni. »

Andros Borknan découvrit ses dents dans un rictus d'énervement.

« Et alors ?

— Nino de Spendoni est le fils de Mario

Lazara qui a épousé en secondes noces Lucia Mandeletti. »

Borknan cassa net le cigare entre le pouce et l'index.

« Parle, bon Dieu », éructa-t-il.

Implacable, Carsen poursuivit :

« Lucia Mandeletti est la sœur cadette de Giovanni Mandeletti, marié aujourd'hui à Suzanna Tombellini, de qui il eut un enfant, Pepe. »

Carsen sourit dans le silence qui l'entourait ; les yeux de tous les autres ne le quittaient plus.

« Le nom de Pepe Mandeletti ne vous dit sans doute rien ? »

Tous se regardèrent et hochèrent négativement la tête.

Alors Carsen laissa tomber la nouvelle.

« Celui de son oncle vous dira sans doute davantage : Pepe Mandeletti est le neveu de Camilo Barbina. »

Borknan chancela sur son fauteuil. À travers l'immense baie vitrée, il vit les buildings de New York ondoyer.

« Ce n'est pas vrai », haleta-t-il.

Carsen baissa sa tête blanche.

« Si, dit-il. C'est la vérité. »

Andros Borknan sembla perdre en quelques secondes les kilos qu'il s'efforçait d'éliminer depuis de longues années dans son sauna et ses gymnases personnels.

« Camilo Barbina... », suffoqua-t-il.

Tous les autres s'étaient dressés, livides.

Camilo Barbina dirigeait la Mafia d'une main

de fer depuis dix longues années et tous connaissaient la règle d'or du Sicilien : « L'homme qui touche à l'un de mes hommes est déjà mort. »

Andros Borknan se leva. Même l'épingle en diamant de sa cravate venait de se ternir.

Il promena un regard affolé autour de la table.

Elle était vide ; tous étaient déjà partis.

Andréa essuya de son avant-bras la sueur qui coulait sur son front et contempla en souriant ses mains pleines de farine.

Pour une belle tarte, ce serait une belle tarte. Exactement comme Henry les aimait. Il courait après les bêtes en revenant de l'école, et rentrait plein de paille dans les cheveux, crotté jusqu'aux genoux par la boue du sentier ; il s'élançait dans la cuisine, reniflait et se précipitait sur elle en criant : « Tu as fait de la tarte ! » Elle lui en coupait une part énorme qu'il avalait en quatre bouchées, les coudes sur la vieille toile cirée, les pieds battant dans le vide... Le banc avait été longtemps trop haut pour lui...

Elle sourit à ces souvenirs et se mit à chantonner, ragaillardie. Elle était heureuse lorsque, comme en cet instant, elle ne se sentait pas trop inutile. Il n'y avait qu'une chose qui la gênait, c'était la présence de Martha, muette, accotée au chambranle de la porte. Martha parlait de moins en moins.

Andréa étala la pâte, la disposa dans le moule, aligna les pommes découpées en rangées régulières et saupoudra largement de sucre ; Henry adorait le sucre, même aujourd'hui avec ses quarante-cinq ans, il en raffolait... Mon Dieu, c'était vrai, ce petit garçon crotté, aux jambes trop courtes, avait quarante-cinq ans !

Elle se pencha, glissa la tarte dans le four, essuya ses mains, mit ses lunettes et régla le bouton du thermostat. Ce ne serait pas si bon qu'avec la vieille cuisinière à bois, mais tout de même... Elle enleva ses lunettes et les fourra dans la poche de son tablier.

« Dans une heure, ce sera cuit, dit-elle à Martha, j'espère que cela vous plaira. »

Martha la regarda, prit un chewing-gum dans la poche de son peignoir et se mit à mâcher. Andréa sentit son front rougir... Cette femme ne répondait jamais, pourquoi était-elle comme ça avec elle ? Andréa ne lui adressait la parole que lorsque Henry était là, et encore si peu...

« Je suis à leur charge, pensa-t-elle, ce ne doit pas être drôle d'avoir une vieille dame comme moi toujours à la maison. Je suis une gêne. »

Elle sentit les larmes monter et se détourna.

« Je peux vous faire un peu de ménage si vous voulez, Martha... »

Elle se rendit compte combien sa voix tremblait et alla s'asseoir sur son lit. Elle remit ses lunettes et prit un livre. Elle n'avait jamais eu beaucoup le temps de lire durant sa vie, il y avait toujours eu trop de choses à faire, mais à présent elle se rattrapait, cela lui permettait d'oublier la ferme des collines et le sourire perdu de Buck.

« Pourquoi vous ne sortez jamais, Mammy ? »

Andréa sursauta et regarda Martha. La jeune femme lui tournait le dos, fixant le ciel par les hautes fenêtres.

« Je... je ne connais pas la ville, dit Andréa. J'aurais peur de me perdre. »

Parfois, la nuit, elle se réveillait en sursaut, toujours tirée du sommeil par le même cauchemar : elle était dans la rue à New York, le métro vrombissait au-dessus de sa tête et elle ne retrouvait pas la maison. C'était atroce !

Martha hocha la tête et pénétra dans la cuisine.

L'odeur commençait à monter, l'odeur de pomme et de pâte chaude. Martha ouvrit la porte du placard, prit des ciseaux, les deux boîtes côte à côte et commença à décoller les étiquettes.

La meilleure blague qu'elle ait faite depuis longtemps.

Andréa lut jusqu'au soir. C'était un roman qu'elle aimait. Elle ne lisait pas vite, relisant parfois certains passages en remuant les lèvres ; elle ne pouvait pas s'en empêcher. Elle aimait être seule pour lire car cela pouvait être agaçant, mais c'était plus fort qu'elle, il fallait qu'elle prononce les mots à voix basse.

Ce fut le coup de sonnette d'Henry qui lui fit refermer le volume. L'après-midi était passé : son fils rentrait du travail.

Henry l'embrassa, embrassa Martha, alluma la télé et se servit un scotch ; il buvait beaucoup, ces derniers temps, mais Andréa s'était juré de ne rien dire. Elle mit la table, fit chauffer les pizzas en sachets que Martha achetait par piles et, pendant tout le repas, qui fut morne, il y avait en elle une jubilation intérieure : la surprise du dessert.

Comme Henry repoussait sa serviette de papier en maugréant sur la stupidité de son chef de bureau, Andréa apporta la tarte.

Henry poussa une exclamation, sourit et posa sa main sur le bras de sa mère.

« Comme autrefois », dit-il.

Martha les regarda, les yeux vides d'expression.

Andréa rayonnait.

« Je savais que cela te ferait plaisir... »

Elle regarda sa belle-fille et ajouta :

« Martha peut la faire aussi bien que moi, ce n'est vraiment pas sorcier...

— Cela me ramène plus de trente ans en arrière ! s'exclama Henry, j'ai l'impression d'avoir été élevé à la tarte aux pommes. »

Il se coupa une tranche avec un bel enthousiasme et mordit dedans.

Andréa le vit s'arrêter net. Une grimace déforma ses traits.

« Bon Dieu », murmura-t-il.

Il se pencha et cracha dans l'assiette la bouchée qu'il n'avait pas avalée...

Andréa s'assit doucement, les jambes coupées.

« Qu'est-ce qu'il se passe, Henry ? » murmura-t-elle.

Henry reposa le couteau.

« Tu as confondu, dit-il, tu as mis du sel. »

Les larmes perlèrent sous les cils de la vieille dame. Les images dansèrent : c'est vrai que les deux boîtes étaient côte à côte, identiques, mais elles portaient chacune leur étiquette écrite en grosses lettres : SEL – SUCRE. Elle avait fait attention, elle n'avait pas pu se tromper, cela était impossible, complètement impossible.

« Vous devriez mettre vos lunettes plus souvent, Mammy », dit Martha.

Pour la première fois de la soirée, elle se leva, prit la tarte et s'approcha du vide-ordures automatique où elle la jeta.

Henry se rinça la bouche à la carafe et regarda sa mère à la dérobée.

« Ce n'est pas grave, dit-il, cela n'a aucune importance, c'est même amusant, non ? »

Il tenta de rire, n'y parvint pas et se racla la gorge.

« Martha a raison, dit-il, tu devrais mettre tes lunettes plus souvent... »

Les larmes coulaient à présent sur les joues de la vieille dame. Elle était sûre de ne pas avoir confondu les deux boîtes et, pourtant, il ne pouvait pas en avoir été autrement. Il n'y avait pas d'autre solution. Elle devenait si vieille qu'elle ne savait plus ce qu'elle faisait. Elle se sentit soudain si malheureuse que la pensée de sauter du haut du building où elle se trouvait l'effleura. Ainsi, elle ne gênerait plus personne et elle pourrait plus vite retrouver Buck.

Borknan descendit avec peine de la Cadillac ; son ventre le gênait toujours pour ce genre d'opération et, en cet instant, plus que jamais. Il claqua la portière et courut à petits pas rapides vers la cabine de téléphone. Il y avait un jeune type dedans, un Noir à pantalon rouge, bottes western et casquette de base-ball. Andros s'adossa à la paroi vitrée et soupira.

Lui, Andros Borknan, un des hommes les plus riches du monde, en était réduit à attendre à la porte d'une cabine téléphonique, dans ce minable quartier d'émigrants, plein de palissades, de terrains vagues et de vieux immeubles désaffectés... Il jeta les yeux autour de lui : c'était le coin idéal pour un guet-apens. Mais Barbina n'oserait pas, pas encore... Et puis, il était certain que personne ne l'avait suivi.

Avec un mouchoir de soie sauvage, Borknan s'épongea le front et ses joues tremblèrent. Tout craquait. En quelques heures, il s'était retrouvé seul. Les grèves avaient éclaté dans toutes les entreprises qu'il contrôlait, des incendies avaient détruit les chantiers, les stocks ; les bars qui lui appartenaient avaient reçu des rafales de mitraillette, on avait versé de la mort-aux-rats dans les marmites de ses restaurants... Il avait tenté de lutter trois jours, mais les hommes de Barbina étaient partout ; c'étaient des tueurs, des professionnels expérimentés, et son armée n'avait pas fait le poids en face de celle du chef de la Mafia.

Alors, ce matin, Borknan avait pris le téléphone et avait tout liquidé. Il lui restait une fortune si colossale qu'en buvant de l'or liquide tous les jours et en mangeant trois lingots à chaque repas, il en laisserait pour ses arrièrepetits-enfants, même s'il devait vivre trois cents ans.

Impatiemment, il tapa du doigt contre la vitre.

Le Noir le regarda d'un œil morne et continua à parler.

Andros soupira... Quelques jours ! il n'avait fallu que quelques jours pour que tout disparaisse, pour que rien ne subsiste du travail d'une vie... Tout ça pour un misérable cadavre. Il était obligé à présent de partir se cacher aux Bermudes ou aux Bahamas. Certes, ce n'étaient pas des pays désagréables, mais...

Il reçut le choc de la porte dans le dos et, sans s'excuser, le Noir sortit.

Borknan s'installa, sortit une piécette de son pantalon et composa le numéro de Charles Bodenboe.

C'était le dernier fidèle, le seul dont il fût certain qu'il ne le lâcherait pas.

Bodenboe, l'avocat, celui qui était au courant de tout, qui, toutes ces années, avait été pour lui ce qui se rapprochait le plus d'un ami.

Bodenboe décrocha à la première sonnerie.

« Bodenboe, dit-il, qui est à l'appareil ? »

Andros n'avait plus éprouvé le moindre sen-

timent humain depuis l'âge de quatre ans et demi, mais il ressentit comme une sorte de plaisir à entendre cette voix.

« Andros, dit-il ; tu es au courant de ce qui se passe ?

— Vaguement, dit Bodenboe, on dit que la guerre des gangs recommence. »

Borknan ricana.

« La Mafia est après moi, dit-il, je liquide et je m'en vais. »

Bodenboe laissa échapper un long sifflement.

« Tu veux tout vendre ?

— Immédiatement, dit Borknan, pendant qu'il en est encore temps ; je garde la Cadillac, je remplis une valise de linge et je prends un aller simple pour les Bahamas... Envoie-moi tout mon fric là-bas. »

Borknan réfléchit et ajouta :

« À combien s'élèvent pour l'instant mes comptes en banque ?

— Tu veux au *cent* près ou j'arrondis au dollar au-dessus ?

— Au *cent* près. »

Charles Bodenboe ferma les yeux, compulsa rapidement un petit carnet noir et graisseux, le posa, prit sa respiration et récita d'une traite :

« 1 743 852 077 963 125 548 807 614 545 951 642 dollars et 15 *cents*. »

Andros Borknan changea le combiné d'oreille.

« Et quand tout sera vendu ?

— Tu pourras multiplier par quatre.

— Ça ira pour l’argent de poche », dit Andros.

Il eut un bref regard autour de lui sur l’univers de palissades et de détritus qui l’entourait ; il était seul, il n’avait aucune crainte à avoir.

« Il faut que je te voie, dit-il, j’ai eu une idée et je voudrais t’en parler. Rendez-vous dans une demi-heure sur les quais, au dock n° 12. »

Il raccrocha et aspira l’air frais du matin. Cela faisait des années qu’il n’avait pas respiré autre chose que de l’air conditionné. Il décida de marcher un peu à pied et laissa sa voiture le long du trottoir.

Andros Borknan partit en direction de la mer. Il vivait à New York depuis près d’un demi-siècle et ne se rappelait plus qu’elle était là, toute proche... Il y avait même des mouettes, comme dans les tableaux. La corne d’un bateau invisible dans les brumes retentit et il continua d’avancer, la main droite serrée autour de la crosse d’un splendide revolver en acier chromé qu’il ne lâchait plus depuis trois jours à travers la poche de son imperméable.

Il savait que, de l’autre côté de la baie, s’élevaient les chantiers navals qui, hier encore, lui appartenaient ; et il se sentit, en cette seconde, tout près de croire sa pauvre mère qui lui répétait sans cesse que « bien mal acquis ne profite jamais ».

Le moral au plus bas, il alluma un havane.

Au dessert, Martha devint plus souriante ce soir-là. Elle s'adressa même directement à sa belle-mère, ce qui ne lui était pas arrivé depuis longtemps.

« Je crois que j'ai une surprise pour vous, Mammy. »

Andréa sursauta. Depuis plusieurs semaines, c'était la première phrase aimable qu'elle entendait.

« Trop gentil, Martha, qu'est-ce que c'est ? »

Henry avait déjà quitté la table, il était enfoncé dans son fauteuil devant la télévision. Elles étaient seules dans la cuisine et elles pouvaient entendre les coups de feu du western. Henry choisissait toujours de regarder le western ; cela devait lui venir de son enfance campagnarde, il adorait les chevaux ; plusieurs fois, Andréa avait dû le gronder et l'empêcher de faire galoper les bêtes...

Martha se pencha.

« Je suis presque arrivée à décider Henry à vous envoyer dans une maison de vieillards. »

Le cœur d'Andréa s'affola. Elle le sentit soudain dans sa poitrine, un petit gong rapide et brutal.

« Mais..., il était entendu que... »

Martha sourit et Andréa comprit pourquoi elle parlait si doucement : Henry ne pouvait pas l'entendre.

« Vous nous gênez, dit-elle, nous ne pouvons plus recevoir personne depuis que vous êtes là. »

Le gong continuait. Sous le sourire de sa belle-fille, Andréa se rendit compte qu'il y avait une haine immense qui l'épouvanta.

« Mais c'est vous qui avez insisté pour me prendre, je ne voulais pas venir, je... »

Martha, de l'index, montra Henry éclairé par les lueurs de l'écran.

« Votre fils ne vous dira rien, dit-elle, c'est un faible, il n'osera pas, mais moi je peux le faire : votre place n'est pas ici. Il faut vous en aller. »

Le regard d'Andréa se porta sur le visage mou de son fils. Avachi dans les coussins, il faisait tourner dans ses doigts son verre de whisky ; elle comprit qu'il ne la défendrait pas vraiment et que, tôt ou tard, elle devrait quitter cette maison qui devenait chaque jour plus insupportable. Déjà, certains des petits objets qu'elle avait emportés disparaissaient, un vase que Buck lui avait offert avait été cassé... Une chaîne d'or fin qui lui venait de sa famille et qu'elle portait parfois restait introuvable... Heureusement, il y avait la lecture.

Tremblante, Andréa se leva de table, la débarrassa, alla jeter les couverts en carton au vide-ordures et se mit au fond du salon. Le film touchait à sa fin et elle avait trop de peine pour pouvoir penser à autre chose qu'à son malheur. Enfin, Henry se leva, ferma l'appareil et disparut avec Martha dans leur chambre. Andréa prépara le divan, se dévêtit rapidement et prit son livre : enfin, elle allait pouvoir oublier.

Elle alluma une petite lampe et se plongea avec un soupir de satisfaction dans les dernières pages de son roman. Les vieilles lèvres remuaient dans la pénombre lorsque, soudain, tout s'éteignit.

Immobile dans le noir total, Andréa tenait toujours son livre à la main.

C'est alors qu'elle entendit les pieds nus de

Martha qui regagnait sa chambre et elle comprit ce qui venait de se passer : sa belle-fille avait coupé le courant.

Henry ronflait déjà.

Andréa posa à tâtons le livre sur la moquette et s'enfonça sous les couvertures.

À présent, elle savait que ce qu'elle craignait le plus au monde allait survenir : on allait la mettre dans un asile pour vieillards et elle ne le supporterait pas. Désormais, la menace était là et fondrait sur elle.

Elle ne dormit pas cette nuit-là. Les souvenirs venaient en foule, pleins de soleil et de lumière ; elle rêva un court instant qu'elle courait dans les hautes herbes de ces collines de Nouvelle-Angleterre qu'elle ne reverrait jamais.

Borknan longea les grilles et entra dans les docks.

Il y avait du brouillard sur la mer et on la distinguait mal. Tout autour de lui, s'élevaient des grues géantes qui déchargeaient les cargos. Il faisait froid et humide. La pensée lui vint que, dans quelques heures, il serait au soleil, dans la splendeur des tropiques, et qu'après tout, ce changement ne lui ferait pas de mal. Peut-être un jour, plus tard, pourrait-il revenir.

Sur sa gauche, on déchargeait des sacs de grain et Borknan regarda quelques secondes les hommes courbés sous le poids, portant sur leur dos des sacs énormes jusqu'aux entrepôts.

Il arriva au dock n° 12.

Bodenboe n'était pas encore là. Rien d'étonnant à cela, il habitait très loin, au nord de Manhattan, et la circulation devait être très difficile en ce moment de la matinée. Borknan s'adossa à une poutrelle de fer et souffla un peu. Cela faisait bien longtemps qu'il n'avait autant marché.

Alors qu'il était perdu dans ses pensées, il vit une silhouette sortir peu à peu de la brume et avancer vers lui.

Il se dressa et marcha à sa rencontre, presque heureux de revoir Charles Bodenboe. Tout en marchant, il se demanda si, dans un accès de générosité, il n'allait pas lui offrir quelques jours de vacances avec lui, sous les tropiques ; après tout ce n'était pas très drôle d'être seul...

« Salut, Charles », dit-il.

Il vit une lueur rouge comme si l'on avait craqué une allumette et recula de deux pas sous la violence d'un choc à la poitrine dont il ne com-

prit pas la raison. Il vit un deuxième éclair devant lui et sa joue le brûla comme si on lui avait posé un fer rouge. Sous la douleur, ses yeux s'embuèrent de larmes et ce n'est qu'à cet instant qu'il comprit : l'homme en face de lui n'était pas Bodenboe et il lui tirait dessus. Il tomba sur un genou, arracha le revolver de sa poche et tira au jugé sans discontinuer, les tympans vibrant sous le fracas des balles. Il appuya encore trois fois sur la détente alors que le barillet était vide. À travers la fumée, il vit qu'il avait touché sa cible et que l'homme était étendu à terre.

Borknan se releva, les genoux tremblants, et s'approcha du cadavre. Il le reconnut presque immédiatement ; c'était Carlo Verzani, le tueur personnel de Barbina.

Il maudit sa négligence ; il n'avait pas pris assez de précautions, Verzani avait dû le suivre depuis le début. Il se souleva et, à cet instant précis, il s'aperçut que le devant de sa chemise était rouge ; le sol lui parut soudain devenir mou et il se retrouva à quatre pattes, brusquement empli d'une terrible envie de dormir. Il perçut vaguement une course, des bruits de pas qui résonnaient et le sommeil le submergea

avec tant de force qu'il se coucha sur le sol, roulé en boule comme lorsqu'il était enfant... Tout devenait noir et ses paupières pesaient très lourd. Il eut du mal à les soulever et, lorsqu'il y arriva, il entrevit le visage flou de Charles Bodenboe qui se penchait vers lui.

« Je vais t'emmener, dit Charles, il te faut un médecin. »

Andros Borknan avait suffisamment répandu la mort autour de lui pour savoir à quoi elle ressemblait.

« Pas la peine, dit-il, je ne peux plus bouger, je n'ai pas trois minutes devant moi. Verzani n'a jamais manqué son coup, il ne pouvait pas louper le dernier. »

Bodenboe regarda autour de lui et ne vit rien ; la brume s'épaississait et on ne distinguait même plus les carcasses rouillées des bateaux en cale sèche. Sa gorge se serra.

« Qu'est-ce que tu veux que je fasse ? »

Andros tâtonna dans sa poche à la recherche d'un cigare.

« Donne-moi du feu », dit-il.

Il aspira une large bouffée bleue et vit une mouette tournoyer au-dessus de sa tête...

Bodenboe soupira.

« Et pour ton fric, dit-il, qu'est-ce que j'en fais ? »

Andros eut un rire bref. Maintenant, cela n'avait plus d'importance. À qui le donner d'ailleurs ? Toute sa famille était morte, il n'était jamais retourné en Grèce où, peut-être, il lui restait quelques parents. Il n'avait pas d'enfants, il ne s'était jamais marié et tous ses amis l'avaient trahi ou abandonné. Il fut sur le point de dire à Charles « garde-le », lorsqu'une idée lui traversa l'esprit.

« Approche ton oreille, dit-il, je vais t'expliquer ce que tu vas faire. »

Bodenboe tendit l'oreille et écouta le chuchotement du mourant. Lorsqu'il se redressa, Andros Borknan se pelotonna sur le pavé, bâilla et mourut sans histoires.

Bodenboe se releva, vaguement ému. Borknan avait été toute sa vie une crapule mais il avait toujours ressenti pour lui une sorte de tendresse. En tout cas, les volontés d'un mourant étaient sacrées et il les ferait respecter. Andros Borknan pouvait dormir tranquille, pour l'éternité.

Ce fut le mercredi matin que Martha décida de passer à l'action.

Depuis trois jours, elle prétendait être malade et restait couchée, se plaignant de migraines. Tout cela faisait partie d'un plan bien concerté : aujourd'hui, elle serait enfin débarrassée de la présence d'Andréa Vinford, sa belle-mère. Ce ne serait pas trop tôt. Malgré les tracasseries qu'elle lui avait fait endurer ces dernières semaines, la vieille s'incrustait, refusant de partir pour cet asile près de Coney Island où était sa vraie place.

Martha écarta le drap, se leva, prit un air dolent et, chancelant sur ses jambes, pénétra dans le salon. Henry était parti au travail depuis dix minutes déjà.

Dès qu'elle vit sa belle-fille, la vieille dame sauta sur ses pieds.

« Comment allez-vous ce matin, Martha ? »

Martha porta à ses tempes des mains tremblantes.

« C'est atroce, dit-elle, je ne peux plus supporter cette souffrance, il faut que vous m'aidiez. »

Andréa, bouleversée, prit le bras de la jeune femme.

« Il faut d'abord vous recoucher et... »

Violemment, Martha se dégagea.

« J'ai besoin d'un médecin, dit-elle, il faut que vous alliez le chercher. »

Andréa recula. Le cauchemar surgit : elle, toute seule, dans cette ville immense, au milieu du rugissement des voitures.

« Il suffirait de téléphoner, dit-elle timidement, je pense que... »

Martha se courba, simulant une douleur violente. Elle avait fait du théâtre au lycée, il y avait bien des années de cela, mais il lui en restait quelque chose. Elle aurait voulu continuer, devenir une actrice connue, célèbre, et elle se trouvait au dix-huitième étage d'une vieille tour, avec un incapable dont il fallait supporter la mère...

« Non, dit-elle, le docteur Michelson ne répond jamais au téléphone le matin, il faut que vous y alliez. Vous prendrez un taxi, je vous en supplie... »

Martha chancela et joignit des mains suppliantes.

Andréa avala sa salive ; elle ne pouvait pas la laisser ainsi. Et puis, elle s'était sortie de situations bien plus dangereuses... Un hiver, les loups étaient venus rôder autour de la ferme et, une fois, au détour d'une forêt, elle avait vu un ours, énorme ; Henry n'était qu'un bébé qui ne marchait pas encore... et, à chaque fois, elle s'en était sortie, elle était robuste encore malgré son âge, elle ne devait pas avoir peur, elle monterait dans le taxi donnerait l'adresse, reviendrait... Il le fallait, Martha souffrait trop.

« Entendu, dit-elle, je vais y aller. Écrivez-moi l'adresse sur un morceau de papier, j'ai peur de l'oublier. »

Martha courut dans le bureau et prit une des feuilles blanches sur la table d'Henry. Il n'y avait pas, il n'y avait jamais eu de docteur Michelson... Le but était d'expédier la vieille à l'autre bout de la ville, de l'affoler dans le tourbillon des voitures, et, avec un peu de chance... Elle chercha dans sa mémoire une rue très éloignée et écrivit au hasard : Chance Street 17 – Queens. Elle savait que même les taxis avaient de la peine à trouver cette ruelle malfamée d'une banlieue lointaine.

Tandis qu'Andréa enfilait son manteau, Martha se précipita sur le vieux sac et rafla d'une main rapide le porte-monnaie et les lunettes. À vingt kilomètres de Manhattan, sans un sou et sans binocles, on verrait ce que serait capable d'inventer la vieille paysanne. Andréa serra le fichu autour de son cou et Martha l'entraîna vers la porte, lui fourrant le papier dans la main.

« Voici l'adresse. Docteur Michelson ; ne revenez pas sans l'avoir vu. »

Andréa maîtrisa la terreur qui montait en elle. Ce qu'elle redoutait, depuis son arrivée à New York, allait se réaliser : elle serait au milieu du fourmillement des autos, dans ce tourbillon qu'elle observait parfois, la tête pleine de vertige, depuis le dix-huitième étage.

« À tout de suite, Martha », bredouilla-t-elle.

Martha lui ouvrit la porte et la poussa dans le couloir en direction de l'ascenseur, devant lequel la vieille dame resta sans réaction.

« Appuyez sur le bouton, jeta Martha, la cabine ne va pas monter toute seule. »

Comme une écolière prise en faute, Andréa appuya et vit le voyant rouge s'allumer. Bizarrement, cette petite lumière clignotante lui redonna confiance ; peut-être qu'après tout, avec un peu de chance, les choses ne lui seraient pas hostiles.

Martha la regarda entrer et sourire bravement tandis que les portes se refermaient sur elle. Elle mit la main dans la poche de son peignoir à plumes violettes et ses doigts rencontrèrent les lunettes qu'elle venait de voler. Elle les sortit de l'étui, prit chacune des branches dans ses mains et, d'un coup sec, elle cassa la fragile monture d'écaille.

Au même instant, Andréa émergeait à l'air libre, dans le grondement des voitures, au milieu de la foule pressée. La petite vieille regarda en l'air comme pour chercher les nuages, mais les murs étaient si hauts tout autour d'elle qu'elle ne vit pas le ciel.

Le feu passa au vert.

Un raz de marée la submergea. Il y avait tant de monde au carrefour qu'elle eut l'impression d'avancer sans bouger les pieds. Jamais, elle n'avait autant regretté d'être si petite. Elle ne put respirer qu'une fois arrivée sur l'autre trottoir, mais la foule l'entraîna de nouveau et elle se sentit happée par la bouche toute proche de la station de métro ; elle lutta à contre-courant et vit la voiture jaune qui roulait parallèlement à elle entre les corps pressés. Elle prit son élan et se mit à courir. Elle sentit son chignon vaciller sur sa tête et cria.

À sa grande surprise, le taxi l'entendit et s'arrêta. Par la portière, un visage apparut : c'était celui de Rex Steward, ancien boxeur dans les poids moyens, ex-sergent dans les Marines et chauffeur à New York depuis 1945.

« Qu'est-ce qui vous arrive, ma p'tite dame ? »

Essoufflée, Andréa se laissa tomber sur les coussins du siège arrière.

« Ils ont failli m'étouffer », haleta-t-elle.

Steward se mit à rire et examina sa cliente dans le rétroviseur ; visiblement, la grand-mère n'avait pas l'habitude de la ville.

« Il faut vous défendre, dit-il ; tapez dessus à coups de parapluie et ils fuiront comme des canards. »

Peu à peu, Andréa se rassurait. C'était bon de se retrouver ici après l'animation des minutes précédentes.

Steward repoussa d'une pichenette sa casquette sur la nuque et se tourna vers elle :

« J'aime assez ce coin de New York, dit-il, mais si vous ne tenez pas à rester ici, vous pour-

STOP

riez peut-être me dire où je dois vous conduire ? »

Andréa sourit et ouvrit son sac.

« Excusez-moi, dit-elle, j'ai noté l'adresse sur un bout de papier. »

Elle le trouva tout de suite, le déplia, tenta de lire, mais Martha écrivait vraiment trop petit, les lettres étaient des pattes de mouches. Elle se mit à chercher ses lunettes et s'aperçut qu'elle les avait oubliées...

Rex Steward s'empara du papier, lut et siffota :

« Queens, dit-il, ce n'est pas la porte à côté. »

Quelques fractions de seconde, elle eut peur qu'il lui demande de descendre, mais, avec un soupir, il enclencha la première et la voiture démarra.

Le nez collé à la vitre, elle se sentit brusquement presque heureuse ; après tout, cela la changeait de cette vie enfermée qu'elle menait depuis plus de deux mois et, lorsque la voiture s'engagea sur l'un des ponts immenses qui rattachent la presqu'île aux faubourgs au-dessus de l'East River, elle eut une minute d'émerveillement. Le soleil brillait sur les eaux et, sous les arches monumentales, les vols des mouettes se croisaient... C'était vraiment magnifique, avec un ciel aussi pur qu'en Nouvelle-Angleterre.

Bientôt, dès le pont passé, les rues devinrent plus étroites. Les murs étaient plus tristes et plus sales, les rues jonchées de vieux papiers et Andréa s'étonna que Martha eût choisi un médecin qui habitât si loin et dans un quartier aussi sinistre. Il y avait partout des escaliers de fer dans les arrière-cours et des gens traînaient en pantoufles, assis sur le pas des portes.

La voiture ralentit et Steward se pencha vers elle.

« Nous y voilà, dit-il, c'est la ruelle là-bas. »

Andréa suivit la direction qu'indiquait le chauffeur et réprima un frisson : des portes s'alignaient entre deux hauts murs.

Steward stoppa et tourna le compteur.

« Vous voici arrivée, ma p'tite dame, ça fait 7,50 dollars. »

Andréa ouvrit le sac qu'elle tenait sur ses genoux et y plongea la main.

Steward qui la regardait toujours dans le rétro la vit pâlir.

« Y'a quelque chose qui ne va pas, Mémé ? »

« Ne pas s'affoler, pensa Andréa. Surtout ne

pas s'affoler. » Son cœur battait comme le jour où Martha l'avait menacée de l'asile.

« Une petite seconde », dit-elle.

Steward la vit sortir de son sac un mouchoir plié en quatre, un vieux poudrier vide (cadeau de Buck le jour de leurs fiançailles à la foire d'Holyoke), un médaillon avec une photo de Buck et d'Henry, une carte d'identité cornée, un petit carnet avec un crayon retenu par un élastique, une fleur séchée dans un étui plastique, un dé, un nécessaire de couture tout usagé et quelques échantillons de laine.

Elle éparpilla tous ces objets sur la banquette, regarda dans le fond de son sac et elle devint si pâle que Steward eut peur.

« Qu'est-ce qui vous arrive, Mémé ? »

Elle dut s'y prendre à deux fois pour articuler :

« J'ai oublié mon porte-monnaie. »

Rex Steward la regarda. C'était le genre de phrase qu'il entendait au moins une fois par semaine. Quelquefois, le client ne se donnait même pas la peine de la prononcer : sitôt arrivé, il ouvrait la portière, descendait et se perdait dans la foule. Dans ces cas-là, Steward devenait fou de rage. Aujourd'hui pourtant, il comprit qu'on n'essayait pas de le rouler, la petite vieille était vraiment paniquée.

Il réfléchit rapidement.

« Écoutez, grand-mère, vous allez bien chez quelqu'un ?

— Oui, chez le docteur Michelson. »

Steward opina de la tête.

« Eh bien, vous allez demander au docteur Michelson de vous prêter 7,50 dollars, je vous attends. »

Encore tremblante, Andréa descendit. C'était ce qu'il fallait faire, mais elle n'oserait jamais. De plus, elle ne pouvait pas dire à ce chauffeur qu'elle n'avait jamais vu ce docteur, qu'elle ne le connaissait pas... Et quel était le numéro de la maison, déjà ? Ah ! oui, le 17.

À petits pas, elle s'enfonça dans la rue entre les hautes maisons de brique rouge. Contre une prise d'eau, un gosse aux cheveux blonds mâchait frénétiquement un chewing-gum.

« Le numéro 17 », demanda-t-elle.

Le garçon montra du pouce l'entrée derrière lui.

C'était, de loin, l'un des immeubles les plus sales de la rue.

17

Sans hésitation cependant, Andréa Vinford pénétra dans l'immeuble.

Dans le couloir, cela sentait le chou et l'huile de vidange. Il y avait des boîtes à lettres mais la plupart des noms manquaient. Une porte s'ouvrit derrière Andréa qui se retourna.

Une femme se tenait sur le seuil ; elle avait le type mexicain et portait des pantalons à fleurs.

« Excusez-moi, demanda Andréa, pourriez-vous m'indiquer l'appartement du docteur Michelson ? »

La femme la regarda si longtemps qu'Andréa crut qu'elle n'avait pas compris. Elle s'apprêtait à répéter lorsque l'autre demanda :

« Quel docteur ?

— Le docteur Michelson... »

Les épaules de la femme se haussèrent. Ses mots résonnèrent dans la tête d'Andréa.

« Il n'y a jamais eu ici de docteur Michelson. »

La porte se referma.

Andréa vit les murs du couloir se resserrer sur elle.

Le piège. Elle était tombée dedans.

Les lunettes, le porte-monnaie, une fausse adresse, c'était la machination de Martha..., et, en plus, le taxi qui attendait... Elle ferma les yeux.

« N'aie pas peur, Andréa, rappelle-toi les loups qui rôdaient autour de la ferme, tu avais su trouver la solution, tu avais armé la longue winchester de Buck, le danger était bien plus grand qu'aujourd'hui... »

Ses yeux se rouvrirent.

Il restait une solution : regagner le taxi et se faire conduire à la maison d'Henry. Le chauffeur accepterait certainement, elle supplierait Martha de lui donner l'argent, et ainsi, elle pourrait le payer... Oui, c'était la bonne solution, la seule... Andréa ne connaissait pas l'adresse par cœur mais cela n'avait aucune importance puisqu'elle l'avait écrite sur un bout de papier et qu'elle l'avait dans son...

La vieille dame s'assit doucement sur les marches.

Cette fois, tout était irrémédiablement perdu : l'adresse se trouvait dans son porte-monnaie. New York autour d'elle l'écrasait. Les cauchemars ne mentaient donc pas.

Que dire au chauffeur ? Qu'elle ignorait sa propre adresse, que le docteur Michelson n'existait pas ? Impossible : il appellerait la police et elle serait jetée en prison, sans l'ombre d'un doute.

Alors Andréa comprit que, cette fois, elle était vaincue. Martha avait gagné, elle triomphait et, en l'occurrence, définitivement.

Cette fois, Andréa décida d'en finir vraiment. Elle se sentit trop malheureuse pour continuer à vivre.

Elle se jetterait du toit et on n'en parlerait plus. Elle avait trop souffert, ces derniers temps. Tant pis pour le pauvre chauffeur de taxi, il en serait pour ses 7,50 dollars.

La tête basse, écrasée par le chagrin, comme un automate, Andréa commença à monter les escaliers.

Derrière chaque porte, elle pouvait entendre des bruits divers : cafetière électrique, cris, poste de radio ou de télé ; elle montait toujours lorsque, dans la pénombre, elle distingua la silhouette d'un homme qui la regardait.

Elle était arrivée au dernier étage ; l'escalier s'arrêtait là.

Contrairement aux autres paliers, le silence

ici était total, il avait même quelque chose de religieux.

La porte était ouverte. L'homme qui se trouvait sur le pas de la porte s'inclina. Il regarda la vieille dame, ses joues luisantes de larmes, et s'effaça pour la laisser entrer.

Machinalement, comme dans un rêve et parce qu'il n'y avait plus d'autre endroit où aller, Andréa pénétra dans la pièce.

Les volets étaient tirés, il faisait très sombre.

L'homme, derrière elle, toussota.

« Mon nom est Charles Bodenboe, dit-il... Peut-être Andros vous a-t-il parlé de moi ? »

Andréa avança dans le noir presque total ; une porte s'ouvrit et elle se trouva dans une chambre. Deux cierges éclairaient la pièce, encadrant un immense cercueil de chêne dans lequel reposait le corps énorme d'un homme qu'elle n'avait jamais vu.

C'est alors que la voix de Charles Bodenboe retentit.

« Andros a tenu, avant d'être enterré, à ce que son corps repose dans cette maison qu'il a occupée quelques années, après avoir émigré de sa lointaine patrie. Voilà pourquoi un homme si riche se retrouve dans une maison si pauvre. »

Une torpeur s'était emparée d'Andréa... Tout ceci était extraordinaire, l'impression de rêve se renforçait... Elle allait se réveiller bientôt.

La voix lointaine de Bodenboe continuait.

« Conformément aux ordres d'Andros Borknan, j'ai envoyé une grande quantité de faire-part, mais ce qu'il avait prévu est arrivé : personne n'est venu. Tous ont eu peur des représailles de Barbina. »

Le silence tomba comme un coup de massue.

« Tous, sauf vous », reprit Bodenboe.

Andréa regardait les flammes courtes immobiles dans la pénombre.

« On pouvait s'en douter, étant donné les événements qui se sont produits ces derniers temps ; aucun n'a eu le courage d'affronter le danger. »

Bodenboe hésita. Il faillit demander qui était cette vieille dame, une amie, une sœur aînée, une parente lointaine... Mais cela n'avait aucune importance, les ordres de Borknan avaient été formels.

Bodenboe regarda sa montre.

« Le délai est expiré, dit-il, les hommes des pompes funèbres vont enlever le corps. Vous êtes la seule à être venue le saluer, donc... »

Bodenboe sourit et désigna contre le mur une lourde valise.

« Vous êtes la légataire universelle d'Andros Borknan... Quelques secondes avant de mourir, il a décrété que toute sa fortune irait à ceux ou celles qui viendraient saluer sa dépouille. »

Andréa regarda sans comprendre la valise en peau de porc.

« Elle est à vous, dit Bodenboe, je puis vous préciser qu'elle contient en billets de mille dollars 1 743 852 077 963 125 548 807 614 545 951 642 dollars et 15 *cents*.

— ... Et 15 *cents,* murmura Andréa.

— Et 15 *cents,* dit Bodenboe. Je vais vous aider à la porter. Vous avez une voiture ?

— Je suis en taxi », dit-elle.

Ils descendirent, l'un suivant l'autre.

Bodenboe avait énormément de mal à traîner son énorme bagage.

Rex Steward les vit venir et sortit de la voiture.

« Je vous ouvre le coffre.

— Inutile, dit timidement Andréa, je la mettrai à côté de moi, sur la banquette. »

Bodenboe, essoufflé, lui tendit la main et s'inclina respectueusement.

« Toutes mes félicitations, dit-il, vous êtes dès cet instant la femme la plus riche du monde... »

Il hésita et baissa la voix :

« Je suppose que vous avez énormément aimé Andros Borknan ? »

Andréa n'avait jamais proféré un seul mensonge de sa vie, et elle n'avait pas l'intention de commencer à soixante-douze ans.

« C'est-à-dire, commença-t-elle, que... »

Bodenboe leva une main apaisante.

« Inutile. Je ne veux pas vous torturer inutilement. Au revoir, madame..., madame ?

— Vinford, dit Andréa. Andréa Vinford. »

Elle s'assit, les jambes coupées par l'émotion.

Bodenboe ferma la portière et Steward démarra.

Andréa se renversa dans les coussins.

« Ça vous ennuie de faire un long voyage ? » demanda-t-elle.

Steward haussa les épaules.

« Si vous me payez le retour, dit-il, je peux vous emmener en Alaska. »

Andréa se mit à rire.

« Pas si loin, dit-elle. Juste à Tocadoe, en Nouvelle-Angleterre. »

Steward regarda dans le rétro le visage illuminé de la grand-mère et il actionna joyeusement le klaxon.

« O.K., Mame », dit-il.

Ce fut à cet instant que le soleil déchira définitivement les nuages et que le printemps fondit sur New York.

Le mois de mai
de Monsieur Dobichon

2 mai

Lucien Édouard Dobichon leva sa paupière droite et sut qu'il était sept heures moins deux.

Il ne lui était pas utile de regarder la pendule pour savoir l'heure car cela faisait plus de quinze ans qu'il était sept heures moins deux lorsqu'il ouvrait l'œil :

Il savait également que dans cent vingt secondes un doigt sec allait frapper à la porte de sa chambre : ce doigt appartiendrait à Lucienne Édouarde Dobichon, sa mère.

Il avait longtemps pensé que c'était agréable

de se faire réveiller par sa maman, mais depuis un certain nombre d'années il trouvait cela un peu ridicule et même vaguement irritant car après tout il avait quarante-trois ans et demi.

Donc sa mère le réveillait à sept heures, lui-même cessait automatiquement de dormir deux minutes avant, mais par un surcroît de précaution digne du célibataire qu'il était, il remontait chaque soir la sonnerie de son réveil sur sept heures deux. Ainsi, il était à peu près certain de ne pas être en retard au bureau, ce qui était sa hantise depuis toujours. En fait, Lucien Édouard n'avait jamais été une seule fois en retard de toute sa vie, mais comme il le disait souvent lui-même : « Il suffit d'une fois. » Donc, il se leva et comme chaque matin répéta les mêmes gestes qu'il accomplissait dans le même ordre : successivement il se leva, se gratta la tête, ouvrit la fenêtre, ôta son pyjama, tâta son ventre, constata qu'il prenait un peu d'embonpoint et pensa, également comme chaque matin, qu'il devrait faire un peu de sport tout en sachant parfaitement qu'il n'en ferait jamais, que son ventre s'arrondirait et que non seulement il serait un petit bonhomme un peu myope et un peu chauve, mais également un peu grassouillet, donc un peu ridicule.

Tant pis.

On frappa : il était sept heures pile.

« Il est sept heures, dit Lucienne Édouarde, bonjour.

— Très bien, répondit Lucien Édouard à travers la porte, j'arrive. Bonjour.

— Dépêche-toi. »

C'était plus fort qu'elle, elle ne pouvait pas s'empêcher chaque matin de lui dire de se dépêcher, elle savait pourtant ou tout au moins aurait dû savoir qu'il était la ponctualité même.

Il passa à la salle de bains, se regarda sans plaisir. Il se pencha vers la glace et une fois de plus la même pensée s'imposa avec évidence à son esprit : il n'était pas très beau.

Il n'était pas laid, bien sûr, mais enfin pas ce qu'on appelle beau. Pas laid-laid, mais pas beau-beau non plus.

Il se sentit un peu triste et entreprit de se brosser les dents.

Lucien Édouard était un homme de précaution : il possédait tout en double : il avait deux brosses à dents, deux rasoirs, deux peignes, deux tubes de pâte dentifrice, ce qui l'empêchait de se trouver démuni. Ainsi, si par exemple un tube était usé, il pouvait tout de même se laver les dents.

En fait, il divisait les hommes en deux catégories : ceux qui, comme lui, avaient toujours un tube de rechange et ceux qui attendaient pour en acheter un deuxième que le premier soit fini... Ceux-là étaient pour lui des gens étranges, vaguement inquiétants, un peu des aventuriers... des sortes de risque-tout dangereux à fréquenter de trop près.

Donc, il se lava, se peigna et revêtit son habituel complet gris fer. En fait il en avait plusieurs mais il achetait toujours le même modèle lorsqu'un ancien était usé. Le tailleur qui l'habillait depuis vingt-cinq ans ne lui demandait plus depuis longtemps quel coloris il avait choisi, il savait que M. Dobichon s'habillait toujours en gris, du même gris dont il s'était toujours habillé et s'habillerait sans doute toujours.

Donc, il s'habilla en gris et pénétra dans la cuisine.

Mme Dobichon y attendait son fils. Elle avait tout préparé, café au lait et tartines.

Un jour, il y avait environ dix ans de cela (il

avait trente-trois ans à cette époque), il avait pris son courage à deux mains et après avoir avalé trois fois sa salive avait énoncé l'énormité suivante :

« Maman, je n'aime pas beaucoup le café au lait. »

Mme Dobichon n'avait pas sourcillé, elle l'avait regardé comme s'il s'était soudain transformé en un vilain petit garçon désobéissant et avait simplement dit :

« C'est très bon le café au lait, il faut en boire, d'ailleurs si tu dis que tu ne l'aimes pas beaucoup, cela signifie que tu l'aimes un peu. »

Le ton était tel qu'il avait compris qu'il était voué à boire du café au lait le restant de sa vie, ce qui s'était révélé exact jusqu'à ce jour tout du moins.

Il trempa tristement sa tartine, but son bol avec cette éternelle sensation d'écœurement, soupira, prit son chapeau, le mit sur sa tête, déposa sur les joues de sa mère deux baisers rapides et dit :

« À ce soir. »

Il ouvrit la porte, et Lucien Édouard Dobichon s'apprêta à entamer une nouvelle journée, journée exactement semblable à toutes les précédentes : il se pencherait pendant huit heures sur des colonnes de chiffres, répondrait au téléphone, bref, ferait son travail d'aide-comptable pour lequel on le payait... Au fond, il était un individu à qui jamais rien n'était arrivé et n'arriverait. Craintif, timide et maladroit, il appréciait cette vie sans histoire et s'était depuis longtemps persuadé que jamais il ne croiserait les chemins de l'aventure. Aussi appela-t-il l'ascenseur avec l'âme sereine de l'homme à qui rien jamais d'important ne surviendrait.

La porte de l'ascenseur s'ouvrit.

Il entra, appuya sur le bouton rez-de-chaussée et commença la longue descente. Il habitait au quatorzième étage d'une tour et l'appareil était lent.

Lucien Édouard souleva son chapeau, se gratta la tête et, soudain, une idée le frappa.

Elle était si inattendue, si énorme, si incroyable qu'il vacilla sur ses pieds. Il tenta de

la chasser mais il savait déjà qu'il n'y arriverait pas. Stupéfié, il resta quelques secondes immobile même lorsque l'ascenseur se fut arrêté au rez-de-chaussée.

Il se mit en marche comme un somnambule vers l'arrêt de l'autobus : il venait de comprendre que pour la première fois de sa vie quelque chose allait se produire et que peut-être même son existence allait prendre un sens. En fait, bien qu'il l'ignorât encore, Lucien Édouard Dobichon, célibataire, aide-comptable, homme d'habitudes et d'ennui, venait de bouleverser son destin. En ce 2 mai 1981, une ère nouvelle s'ouvrit pour lui.

Il monta dans le 183 et disparut au coin de la rue.

« Hé ! les gars ! on lui planque son rond de serviette ? »

Brouveau avait une nuque rouge, des oreilles décollées, un rhume chronique, du poil dans les narines et des mains d'étrangleur.

« Oh ! oui, dit Verachu, oui, oh ! oui-oui, allez, oui-oui, oui, on lui planque, oui. »

Mlle Flutier tenta de s'interposer.

« Écoutez, Brouveau, c'est toujours la même plaisanterie et... »

Brouveau poussa un hennissement de cheval vapeur.

« Oh ! non, vous le défendez toujours votre Dobichon, on peut quand même bien se faire des petites blagues entre collègues...

— Oh ! oui, dit Verachu, oui, oh ! oui-oui, allez, oui-oui, oui, on lui fait une blague. »

Mlle Flutier regarda Verachu sans plaisir. Elle ne l'aimait pas, il ressemblait trop à l'enfant qu'aurait pu avoir un serpent à sonnettes marié à une araignée géante.

Brouveau, d'autorité, prit le rond de serviette de Dobichon et le jeta sur le haut de l'armoire. Verachu glapit, ricana, croassa, fit « hi, hi, hi » quinze fois de suite et se frotta les mains.

Lorsque Dobichon entra, tous étaient assis.

Il n'aimait pas la cantine.

Il avait pour cela beaucoup de raisons. D'abord on y mangeait régulièrement des œufs durs mayonnaise et il en avait horreur. Ensuite la pièce sentait l'eau de Javel, ce qui était horrible, et surtout ses collègues, en particulier cette brute de Brouveau et son inséparable acolyte en forme de boa constrictor, lui faisaient toujours des blagues.

Mais il y avait Mlle Flutier.

Mlle Flutier était secrétaire et elle le défendait toujours contre les autres. Oh ! bien sûr, elle n'était pas jolie-jolie, pas plus qu'il n'était beau-beau lui-même, mais enfin elle avait un charmant sourire, et... Mais inutile de continuer davantage : le lecteur aura découvert déjà le secret. Édouard Lucien aimait Mlle Flutier.

La preuve peut en être aisément faite : lorsqu'il pensait à elle, il ne l'appelait pas Mlle Flutier.

Il l'appelait Denise.

Il faut même préciser que cela le faisait rougir légèrement.

Bien sûr, il ne lui avait fait aucune déclaration, il se contentait parfois de faire ce rêve merveilleux : il lui avouait son amour et elle devenait sa femme. Mais cela n'arriverait jamais, il était pour cela trop myope, trop chauve, trop maladroit, trop petit... en un mot, il était trop Dobichon.

Il s'assit avec un soupir et se mit à chercher son rond de serviette.

Verachu pouffait à l'autre bout de la table en

produisant entre ses lèvres de petites explosions mouillées.

Lucien Édouard regarda Brouveau et comprit qu'une fois de plus il venait de lui faire l'une de ses fines plaisanteries.

« Qu'est-ce que tu cherches, Dobichon ? meugla Brouveau, t'aurais t'y perdu quelque chose, Dobichon ?

— Mon rond de serviette. »

Brouveau mima l'étonnement.

« Hé ! Verachu, dit-il, y a Dobichon qu'a perdu un rond de serviette, tu l'as pas vu le rond à Dobichon ? »

Brusquement, Mlle Flutier se leva.

« Ça suffit, dit-elle, rendez-le-lui, vous l'avez mis au-dessus de l'armoire. »

Lucien Édouard rosit devant cette marque d'intérêt et après avoir récupéré son rond de serviette avala l'œuf mayonnaise presque joyeusement. Il est vrai qu'une pensée l'animait : il lui restait encore un peu moins de six heures avant de mettre son projet à exécution.

Rapidement il avala son colin fade, ses pommes de terre mal cuites, son petit-suisse sous plastique, et après avoir respectueusement salué Denise (pardon, Mlle Flutier) il retourna au travail.

Cet après-midi-là, se produisit un événement absolument extraordinaire : c'est Mouchalon, le chef de bureau, qui s'en aperçut et qui faillit en avaler son mégot : Lucien Édouard Dobichon venait de se tromper dans une addition. Le fait était là, certain, indubitable : au lieu de 876 122 348,75 F, Dobichon avait écrit 876 122 348,77 F.

Incroyable.

Pâle, Lucien Édouard constata l'erreur lorsque Mouchalon la lui indiqua.

« J'étais préoccupé, monsieur Mouchalon, j'avoue que...

— Que cela ne se reproduise plus, coupa Mouchalon, sévèrement.

— Plus jamais, monsieur Mouchalon », promit Dobichon avec élan.

Il regagna son bureau, presque surpris de ne pas être catastrophé de cette faute professionnelle. Il s'en voulut même de prendre les choses légèrement. Décidément quelque chose venait de changer dans sa vie.

À dix-huit heures moins deux, il referma ses dossiers, mit son chapeau sur sa tête, enleva sa blouse grise, enfila sa veste et quitta le bureau.

Il atteignit l'arrêt de l'autobus et fit le trajet inverse jusqu'à chez lui.

Au fur et à mesure qu'il approchait de sa maison, son cœur battait de plus en plus vite.

C'était une folie ! Lui, Lucien Édouard Dobichon, se livrer à de telles excentricités, il n'y avait rien de plus puéril, c'était stupide, c'était...

Et brusquement il fut devant l'ascenseur.

Il se retourna et regarda dans le hall. Il était seul.

Les portes coulissèrent, se refermèrent derrière lui.

C'était l'instant ou jamais.

Il appuya sur le bouton commandant l'arrêt au quatorzième étage, et, la sueur aux tempes, sentit l'appareil s'élever.

Alors, Lucien Édouard Dobichon entra en action.

D'une main tremblante, il déboucla sa ceinture, fit glisser la fermeture Éclair et se retrouva avec le pantalon aux chevilles.

Autant révéler tout de suite le but poursuivi par Lucien Édouard : il venait d'inventer un jeu absolument inédit et extraordinairement excitant : il consistait à enlever et à remettre son pantalon entre le rez-de-chaussée et le quatorzième étage. Aurait-il le temps ? Réussirait-il ?

Pris d'une folle angoisse, Lucien Édouard leva la jambe gauche, trébucha, se rattrapa à la cloison.

Sixième étage.

Haletant il rétablit l'équilibre, tira sur le tissu et avec un gémissement de terreur comprit que la chaussure coinçait...

Huitième étage.

De la pointe du soulier droit il coinça le talon du gauche et tira, extrayant son pied... Le pantalon glissa facilement.

Dixième étage.

Affolé, il se vit une jambe nue, une chaussure à la main, l'autre à un pied. Plus que quatre étages... Son chapeau tomba à cet instant précis.

Il comprit en un éclair qu'il n'y arriverait pas

et comme un fou réenfila son pantalon, déchirant l'étoffe.

Douzième étage.

Il ramassa son chapeau, reboucla sa ceinture, et...

Arrivée.

Il émergea, ruisselant de sueur, le cœur battant à 140, une chaussure à la main.

Sur le palier, Lucien Édouard s'affala sur le paillasson, remit son soulier, laissa le souffle lui revenir et brusquement comprit que pour la première fois depuis son enfance, il venait enfin de s'amuser... Désormais, l'ascenseur serait pour lui une source de jeu : si aujourd'hui sa tentative se

soldait par un échec, cela n'avait au fond guère d'importance. Il le savait, de toute façon, il recommencerait et, cette fois, il réussirait.

10 mai

« Bonsoir mademoiselle Flutier... À demain. »

Denise Flutier sourit à Lucien Édouard Dobichon. Elle le trouve changé depuis quelques jours : il est plus gai, ses cravates sont un peu plus colorées et même, surprise des surprises, lorsque Brouveau et l'autre serpent à sonnettes de Verachu ont tenté avant-hier de lui voler ses crayons et ses gommes, il les a énergiquement grondés. Enfin presque grondés... Du coup, Denise Flutier pense que quelque chose vient d'arriver dans la vie de Lucien Édouard.

Elle ne sait évidemment pas quoi et elle serait sans doute bien étonnée si elle connaissait la raison de ce changement...

Il est dix-huit heures vingt et Lucien Édouard se dirige en sifflotant vers la haute tour... Autrefois, il ne sifflotait jamais et voici que depuis quelque temps il se surprend à le faire, voire à chantonner des chansons guillerettes. Pour un peu, il esquisserait quelques pas de danse... mais attention, le voici devant l'ascenseur.

Il est seul, il entre, appuie sur le bouton 14 et à l'instant où l'appareil s'élève, commence une extraordinaire course contre la montre. Avec la rapidité de la foudre, Dobichon enlève sa chaussure gauche, la droite, tire la fermeture Éclair d'une main, déboucle la ceinture de l'autre.

Troisième étage.

Hop, il a ôté son pantalon. Il saute trois fois en l'air, sur un pied, sur l'autre, fait trois grimaces, s'assoit, se relève...

Cinquième étage.

Remet son pantalon, ceinture, fermeture Éclair, soulier droit, soulier gauche, terminé.

Septième étage.

Mais que se passe-t-il ?

Voilà que Dobichon enlève à nouveau sa chaussure gauche, la droite, la fermeture Éclair, la ceinture... Le voici à nouveau en petit caleçon à fleurettes mauves, petite danse sur un pied, sur l'autre.

Dixième étage.

Il n'y arrivera jamais, c'est impossible, c'est incroyable... Pantalon remonté, chaussures remises, deux tours de valse sur un pied, sur l'autre, et lorsque l'ascenseur s'arrête, Lucien Édouard a le maintien parfaitement digne d'un aide-comptable qui se respecte. Personne au monde ne pourrait soupçonner que ce monsieur si réservé, si distingué, si discret, si comme il faut, vient d'enlever deux fois son pantalon entre le rez-de-chaussée et le quatorzième étage.

Merveilles de l'entraînement : il est à peine essoufflé, le voici devenu presque un champion du déshabillage éclair.

« Bonjour, maman. »

Comme chaque soir, Lucien Édouard est rentré dans le petit appartement, il a enlevé son chapeau, sa veste et enfilé ses pantoufles à pompons.

« Lave-toi les mains avant de passer à table. »

Lucien Édouard ne soupire même plus comme il le faisait autrefois, il se dirige presque allégrement vers la salle de bains en réfléchissant à une idée simple : un record étant toujours améliorable, il lui faut à présent s'attaquer à une nouvelle étape : passer de deux levées de pantalons, à trois, peut-être même à quatre, peut-être même à cinq... S'il arrivait à ce stade, il n'y aurait plus aucun doute, lui le petit bonhomme insignifiant, la tête de Turc de Brouveau et Verachu serait un champion du monde.

Champion du monde de déshabillage et de rhabillage en ascenseur.

Ce titre en vaut bien un autre.

Mais il n'en est pas encore là, il faudra bien des entraînements, bien de la patience... mais après tout, il a commencé il y a huit jours seulement, tous les espoirs sont à lui.

Il avala sa soupe au tapioca en silence, en reprit même pour faire plaisir à sa mère et ensemble, ils regardèrent la télévision dès qu'ils eurent fait la vaisselle.

En fait, il regardait l'écran sans le voir. Ses préoccupations étaient ailleurs, il comprit vaguement qu'il s'agissait d'une histoire de gangsters, elle lui parut remarquablement idiote et tandis que Lucienne Édouarde se passionnait, il se mit à réfléchir sur les moyens d'améliorer sa technique.

À neuf heures trente, Mme Dobichon se leva, coupa la télé et ordonna :

« Au lit. »

Femme énergique, elle avait toujours pensé que se coucher de bonne heure était l'une des conditions essentielles de la réussite dans la vie et du même coup avait imposé à son fils cette règle d'or.

Lucien Édouard se leva, souhaita une bonne nuit à sa mère et pénétra dans sa chambre.

Vingt minutes plus tard, les lumières s'éteignirent et tout dans l'appartement parut soudain dans le sommeil.

Vingt-deux heures.

Dehors, la nuit est noire depuis longtemps. Très doucement, la poignée de la porte de la chambre du fils Dobichon se met à tourner millimètre par millimètre.

Insensiblement, la porte s'ouvre et bien qu'il fasse sombre dans la pièce, un spectateur présent pourrait deviner la silhouette de Lucien Édouard vêtu de pied en cap : chapeau, complet, chaussures. Sur la pointe des pieds, le petit homme traverse la pièce, zigzague entre les choses, contourne la table de la salle à manger et avec d'infinies précautions arrive à la porte d'entrée... La clef tourne dans la serrure : plus de doute, Lucien Édouard va sortir...

Très doucement, il referme derrière lui : le voici sur le palier. L'obscurité est totale, on entend des voix lointaines et indistinctes étouffées par les cloisons, une musique diffuse sort des postes de télévision... Mais que va faire Lucien Édouard dehors à une heure pareille ? Quel besoin a-t-il de sortir ?

En fait, Lucien Édouard ne sortira pas de l'immeuble car il n'a rien à faire à l'extérieur. Simplement, Lucien Édouard s'entraîne comme chaque nuit depuis huit jours.

Car il faut bien comprendre que les brillants résultats auxquels il est arrivé s'expliquent par une raison simple : toutes les nuits, à l'heure où la ville s'endort ou dort, un homme seul monte et descend infatigablement quatorze étages en ascenseur, enfilant et réenfilant sans trêve son pantalon. Et ce soir, comme tous les soirs, Dobichon va se livrer à son sport favori. À la première descente il expérimenta la position accroupie : cela donna de bons résultats pour l'enlèvement des chaussures, mais de mauvais pour celui du pantalon... Il abandonna cette technique et au septième aller-retour il se sentit transporté de joie : il venait de réussir trois déshabillages à la file. Par acquit de conscience et pour ne rien négliger, il accomplit de nouveau une dizaine d'autres montées et descentes, et ce n'est qu'au bout d'un temps assez long que par le plus grand des hasards ses yeux tombèrent sur sa montre-bracelet. Entre le huitième et le neuvième étage, une chaussure à la main, il resta stupéfié : il était près de minuit. Il eut encore le temps d'exécuter son strip-tease habituel et lorsque l'appareil stoppa au quatorzième, il sortit, satisfait des progrès réalisés. Il traversa le palier et au moment où la semelle de son pied droit effleurait le paillasson, la lumière s'alluma.

Effaré, Dobichon cligna des yeux.

Mme Dobichon, en robe de chambre molletonnée et bonnet de nuit à rubans, se tenait debout sur le seuil.

En cet instant il sembla à Lucien Édouard qu'elle ressemblait à une statue de granit, en plus massif.

Il décida qu'il était inutile de siffloter mais il fit ce qu'il put pour prendre l'air négligent du monsieur qui trouve la situation parfaitement naturelle.

Les lèvres de la statue s'entrouvrirent et les mots tombèrent comme des blocs de glace.

« D'où viens-tu ? »

Avec un sourire innocent, Dobichon comprit combien il serait idiot de prétendre qu'il revenait d'acheter des cigarettes, mais il ne trouva rien d'autre.

« Je viens de m'acheter des cigarettes », dit-il.

Mme Dobichon mère eut un ricanement sinistre et la phrase tomba sur la nuque de son fils comme un couperet de guillotine.

« Tu ne fumes pas, dit-elle. Tu n'as jamais fumé. »

Lucien Édouard se vit perdu, mais eut une inspiration.

« Si, dit-il, en cachette. »

Ce faux aveu fait, il baissa les yeux, paralysé de terreur.

Le silence tomba. Au bout de trente secondes funèbres, la mère articula :

« Le bureau de tabac ferme à huit heures.

— J'avais oublié, murmura Lucien Édouard.

— Tu avais oublié quoi ?

— Qu'il fermait à huit heures. »

Elle le considéra une longue minute et annonça enfin avec une terrifiante lenteur :

« Ainsi, tu-fumes-en-ca-chette...

— Très, très peu, murmura Dobichon, vraiment très très peu... juste une de temps en temps... Et encore je ne vais pas souvent jusqu'au bout. »

Il osa croiser le regard de la vieille dame et y lut ce qu'il redoutait. Elle ne le croyait pas une seconde, c'était évident. Elle s'effaça pour le laisser passer.

« Très bien, dit-elle, si tu es en retard à ton travail demain, ce n'est pas à moi qu'il faudra venir te plaindre. Quant à cette histoire de cigarettes... nous verrons cela plus tard. »

Dobichon eut un sursaut de révolte... très faible, mais c'était tout de même un sursaut.

« Mais enfin, maman, protesta-t-il, j'ai quarante-trois ans et demi. »

Les yeux de Lucienne Édouarde s'arrondirent.

« Et alors ? » fit-elle.

Avec un soupir Lucien Édouard fila dans sa chambre. Il se sentit inquiet : désormais, il lui faudrait prendre encore plus de précautions pour son entraînement nocturne. Il aurait été catastrophique de l'arrêter, il fallait l'intensifier au contraire, s'il voulait devenir un véritable champion de classe nationale, voire internationale.

Il dormit mal cette nuit-là, il rêva d'ascenseur, de sa mère en robe de chambre, de Brouveau, de Verachu et enfin de Denise Flutier, ce qui était tout de même plus agréable. Il était en train de déclarer son amour à Denise lorsqu'on frappa à sa porte : il était sept heures et un nouveau jour commençait.

Il avala cet épouvantable café au lait, embrassa sa mère qui ne lui adressa pas la parole une seule fois, et se précipita le cœur battant sur le palier pour retrouver le seul endroit au monde où il était heureux, le seul où il pouvait jouer tranquille. La cabine s'arrêta et comme il entrait, le drame se produisit : sur ses talons, Mme Frapatier entra.

Lucien Édouard n'avait pas une grande sympathie pour sa voisine Solange Frapatier, mais il se mit cette fois à la haïr car sa présence dans l'ascenseur allait l'empêcher de réaliser son exploit coutumier.

Mme Solange Frapatier remua ses bajoues et dégagea un parfum d'eau de Cologne à la lavande qui le saisit à la gorge et l'asphyxia sur-le-champ.

« Comment allez-vous, cher monsieur Dobichon ? » susurra-t-elle.

Lucien Édouard avala une bouffée de lavande pure, sentit ses poumons exploser et hoqueta :

« Très bien.

— Moi aussi », minauda-t-elle.

Dobichon eut envie de lui répondre que ça se voyait : Solange Frapatier pesait cent vingt-trois kilos et resplendissait d'une santé insolente.

À mi-parcours, elle fit trembloter à nouveau ses joues et d'une voix de rouge-gorge par un frais matin de printemps, annonça :

« Quelle belle matinée, n'est-ce pas, cher monsieur Dobichon ? »

Dobichon n'aimait pas qu'on l'appelle Dobichon, il trouvait son nom vaguement ridicule, mais se faire sans cesse donner du « cher monsieur Dobichon » par cette énorme femme, qui en plus lui remplissait les narines de tous les parfums de la Provence, était au-dessus de ses forces... Et surtout, surtout, elle se rendait coupable du pire des crimes : elle l'empêchait de jouer.

« ... Je dis souvent à Madame votre mère combien elle doit être heureuse d'avoir un fils aussi distingué, aussi courtois et avec sans doute une belle situation... »

Lucien Édouard se demanda quelle tête cette monstrueuse créature ferait si elle savait à quel genre d'ébats il se livrait dans l'ascenseur, mais il n'eut pas le loisir de rêvasser davantage, l'appareil s'arrêtait au rez-de-chaussée.

« ... Le sérieux et la distinction sont essentiels chez un homme et... »

Elle bavardait toujours. Il comprit qu'il ne s'en débarrasserait pas avant l'arrêt de l'autobus et soudain il s'arrêta net et se frappa le front.

Solange Frapatier pila sec, poignardant la moquette de ses talons pointus, et le regarda interrogative.

« Mes cigarettes ! dit Lucien Édouard. Excusez-moi, j'ai oublié mes cigarettes. »

Il fit demi-tour, se rua dans l'ascenseur et battit son record à la montée... À la descente il s'étonna lui-même de sa virtuosité : cinq déshabillages !

Il marcha fièrement jusqu'au bureau, dédaignant l'autobus. Une pensée le délectait : tous les gens qu'il croisait dans la rue ignoraient leur chance inouïe : sans le savoir ils partageaient le même trottoir qu'un champion du monde.

Ce jour-là, pour la première fois de sa carrière, Lucien Édouard fut en retard.

18 mai

Seize heures quarante.

L'école est finie depuis dix minutes. Jean-Baptiste Loquepin rentre chez lui après avoir, successivement et dans l'ordre, tiré trois sonnettes, envoyé quatre paires de gifles à son copain mais néanmoins souffre-douleur Yves Michel, sauté à cloche-pied sur cinq marelles différentes, couru après quatre chats de gouttière dans l'espoir vain de leur arracher la queue, envoyé une demi-douzaine de cailloux sur les moineaux de l'avenue et insulté quelques grand-mères en promenade : on l'aura déjà compris à cette succession de méfaits : Loquepin est un garnement.

Il lui reste une cinquantaine de mètres avant de rentrer chez lui et voici qu'il sort de son cartable une balle de tennis dérobée le matin même à son père. Il jongle avec, la fait rebondir sur sa tête, sur le genou, sur le dessus du pied, il mime les attitudes des joueurs de football à la télévision. La rue disparaît, les immeubles, les tours, il n'existe plus qu'un immense stade et voici que le plus grand joueur de tous les temps, Jean-Baptiste Loquepin, s'empare du ballon, dribble un adversaire, deux adversaires, trois adversaires, quatre, cinq, six, sept, onze, il sprinte, feinte, shoote. But ! Le stade tout entier est debout, applaudissant la grande star du football, l'extraordinaire Loquepin, le meilleur buteur du continent européen...

Tout en saluant la foule des admirateurs, le garçon grimpe les escaliers en faisant rebondir sa balle. Il ne prend jamais l'ascenseur, lui, il habite pourtant au huitième, mais il préfère monter à pied, la balle heurte les murs, frappe parfois contre les portes, il la rattrape, la renvoie... il est le Platini de la cage d'escalier, le Pelé de l'H.L.M., le voici à quinze mètres du but, il évite la charge de l'arrière, shoote dans la foulée.

Bang ! Jean-Baptiste pile. La balle propulsée avec violence heurte la vitre de la porte de l'ascenseur qui explose et retombe en une pluie d'éclats de verre.

« Zut », murmure Jean-Baptiste.

En fait, ce n'est pas « zut » qu'il murmure car il est en plus très mal élevé, mais on considérera que « zut » est la traduction littéraire d'une exclamation beaucoup plus vulgaire mais cependant fort répandue...

Il se baisse, récupère la balle, la glisse dans son cartable, monte les deux derniers étages sur la pointe des pieds et rentre chez lui. Son visage exprime la plus totale innocence. Sa mère lui tend son quatre-heures et en mordant dans le bâton de chocolat, après avoir préalablement expédié le pain par le vide-ordures, il pense qu'après tout il n'y a pas de quoi fouetter un chat. D'ailleurs les verres dépolis ne sont guère solides. Mais comme ce n'est pas et de très loin la première vitre qu'il casse, très rapidement il oublie l'incident.

Une bonne heure plus tard, donc vers dix-sept heures quarante, le gardien alerté monte enlever les morceaux restant et téléphone au vitrier pour effectuer la réparation, insistant sur le fait qu'il y aurait danger à rester sans vitre opaque et protectrice. Le vitrier promet de réparer les dégâts dans les délais les plus brefs mais se trouvant immobilisé en banlieue par un travail, il ne pourra se rendre à la tour que vers dix-huit heures trente.

À dix-huit heures vingt-cinq Lucien Édouard Dobichon pénètre dans le hall et, avec le même tressaillement de joie qui depuis seize jours déjà circule le long de sa moelle épinière, il appuie sur le bouton d'appel de l'ascenseur. Son apparence a changé. Pour la première fois de sa vie il porte un costume qui n'est pas gris. Il n'est pas bleu non plus, disons qu'il est gris-bleu, ce qui est tout de même la marque de l'évolution du personnage. Quant à la cravate, elle est presque verte et Denise lui en a fait compliment. Joie.

Il entre, la porte se referme, il appuie sur le numéro 14.

Démarrage.

Le plancher de l'appareil n'a pas décollé du

sol de plus de dix centimètres que Lucien Édouard a déjà son pantalon à la main. Il n'a pas atteint le premier étage, qu'il a fait deux tours sur lui-même, trois grimaces, quatre petits sauts groupés de grenouille et l'a remis à nouveau. Autant le dire tout de suite, même si nous devons être taxé de mensonges : l'actuel record de Dobichon est de douze déshabillages successifs, soit pratiquement un par étage.

Il est exactement dix-huit heures vingt-cinq minutes et dix-sept secondes.

À dix-huit heures vingt-cinq et dix-neuf secondes, Léon Binieux et sa femme sortent de leur appartement situé au sixième étage et se plantent sur le palier face à l'ascenseur.

« Je me demande qui a cassé cette vitre », dit Mme Binieux.

Léon Binieux, notaire retraité, fronce sa peau poussiéreuse.

« Ne te penche pas, dit-il, quelqu'un monte. »

Éloïse Binieux, femme jaunâtre décharnée et lugubre, crachote frileusement.

« Ce doit être encore ce petit Loquepin. Ce gosse finira sur l'échafaud. »

Dix-huit heures vingt-cinq et vingt-six secondes.

Tout est prêt pour le drame, les personnages sont en place : les Binieux immobiles face à l'ascenseur, Dobichon à l'intérieur qui se démène comme un diable.

« Voilà l'ascenseur, dit Léon Binieux, il arrive. »

Le chapeau de Lucien Édouard apparaît en premier, puis sa tête.

« Tiens, c'est M. Dobichon », dit Mme Binieux.

Dobichon voit d'abord les deux paires de

pieds, l'appareil s'élève encore : ce sont les Binieux qu'il aperçoit par la vitre absente. Il s'immobilise, paralysé de stupeur.

Les Binieux voient le buste émerger, monter encore.

« Bonjour, messieurs-dames, dit Dobichon.

— Bonjour, monsieur Dobichon », disent les messieurs-dames.

Ils continuent à regarder le voisin du dessus et contemplent successivement le caleçon à fleurs mauves, ses petites cuisses nues et fluettes, ses genoux, ses mollets ficelles, ses socquettes et ses chaussures qui disparaissent.

Les deux Binieux se regardent.

Binieux mâle passe ses mains sur ses yeux, avale sa salive et dit :

« J'ai des hallucinations. J'ai eu l'impression d'avoir vu monter M. Dobichon en caleçon. »

Mme Binieux regarde son mari.

« Ce n'est pas une hallucination, Léon, il avait son pantalon à la main. »

Long silence. Les Binieux se regardent toujours.

« Mais enfin, dit Léon, réfléchis un peu. Pourquoi est-ce que ce monsieur prendrait l'ascenseur avec son pantalon à la main ? »

Éloïse Binieux sent son esprit bouillonner, il y a là un mystère, quelque chose d'énorme, une véritable tragédie...

« Binieux, dit-elle, pour quelle raison un homme enlèverait-il son pantalon dans un ascenseur ? »

Léon réfléchit avec une telle intensité qu'il fait monter sa température de deux degrés centigrades en vingt secondes. Au moment où la fumée commence à lui sortir par les oreilles, il avance le résultat de son intense activité cérébrale :

« Aucune, dit-il, il n'y a aucune raison. »

Éloïse hoche la tête. C'est la première fois qu'elle se trouve totalement de l'avis de son époux et c'est elle qui tire la conclusion.

« Je suis d'accord avec toi, dit-elle, il n'y a aucune raison d'enlever son pantalon dans un ascenseur, or c'est pourtant ce que vient de faire le fils Dobichon. Qu'est-ce que tu en déduis ? »

La température de Léon Binieux recommence à remonter et au moment où son niveau atteint le point d'explosion, il parvient à articuler : « J'en conclus qu'il est fou. »

Le sourire d'Éloïse Binieux éclaire un quart de seconde son visage fripé.

« C'est tout à fait exact, convient-elle : le fils Dobichon est fou. Peut-être même s'agit-il d'un fou dangereux. »

Léon Binieux est prêt à protester : comment, ce petit monsieur toujours si sage, si poli, si effacé, un fou dangereux ? C'est impossible... et cependant c'est vrai, son attitude est plus qu'étrange et...

« Rentrons, dit Éloïse, il faut faire quelque chose. »

Docilement, Léon suit sa femme et tous deux regagnent rapidement leur appartement. Pendant ce temps, Lucien Édouard est rentré chez lui. Il est inquiet, très inquiet... Que vont faire les Binieux ? Vont-ils se taire ? Ce serait étonnant, elle la plus grande commère de la tour. Peut-être n'ont-ils rien remarqué... Peut-être se croient-ils victimes d'une hallucination ? Tout de même quelle malchance cette vitre cassée... et juste au moment où il avait son pantalon à la main... Il en était à la cinquième levée... Que va-t-il se passer ? Et s'il descendait leur parler ? Il pourrait tenter de leur expliquer la raison de sa tenue, leur dire par exemple qu'il avait une puce et qu'il ne pouvait supporter l'insupportable démangeaison, qu'il avait...

La sonnerie du téléphone le fit sursauter. Le temps de réagir et sa mère avait déjà décroché. Dès la première réplique, il sut qui était au bout du fil.

« Bonjour, madame.

— ...

— Comment ?

— ...

— Vous en êtes certaine ?

— ...

— Avec des petites fleurs mauves ?

— ...

— Et des socquettes à rayures ? »

Lucien Édouard décida de ne pas en écouter davantage. Tremblant, il s'enferma dans sa chambre et prit sa tête dans ses mains. Il était sûr d'une chose : quoi qu'il arrive, il n'abandonnerait jamais ce jeu merveilleux qui avait éclairé et transformé sa vie. Après tout, que lui importaient les racontars d'une vieille femme bien connue pour sa méchanceté et son mauvais esprit ! Il nierait farouchement, voilà tout. Qui pourrait mettre sa parole en doute contre celle d'une commère ?

On frappa à la porte. Avant qu'il ait eu le temps d'ouvrir la bouche pour dire d'entrer, Lucienne Édouarde était dans la chambre. Elle croisa les bras sur sa poitrine et sa voix résonna, martelant chaque mot :

« Lucien Édouard, sais-tu ce que vient de m'apprendre Mme Binieux ? »

Bravement, Lucien Édouard fit face et pour la première fois de sa vie il prononça un énorme mensonge.

« Non », dit-il.

25 mai

Avant de parvenir à la date qui commence ce dernier chapitre, il nous faut revenir quelques jours en arrière, très exactement au 19, journée qui suivit le mémorable incident que nous venons de relater... À partir de cette date, les choses allèrent en effet très vite pour Lucien Édouard. Nous allons donc nous contenter de décrire les principales étapes qui marquèrent ce qu'il faut bien appeler son calvaire.

Le 19 mai, il pénétra comme tous les vendredis chez le marchand de journaux pour acheter un hebdomadaire traitant de problèmes de comptabilité. Il entra dans la boutique et constata que tous les regards se tournaient vers lui. Il se sentit rougir, prit son magazine habituel et s'approcha de la caisse où l'attendait la marchande ordinairement souriante.

Or, ce matin-là, la marchande ne souriait pas.

Lucien Édouard tenta de prendre un air parfaitement anodin et n'y réussit pas, il eut même de la peine à former une phrase de neuf mots.

« Beau temps ce matin, n'est-ce pas, madame Mortier ? »

Mme Mortier ne répondit pas et le regarda d'un tel air que Lucien Édouard n'attendit même pas sa monnaie et décampa. Il comprit que jamais plus il n'oserait pénétrer dans le magasin de Mme Mortier car Mme Mortier savait. Le 20 au soir, sa mère lui ayant donné une liste de commissions à faire, il entra donc chez Chovot le boucher.

C'était un homme rude dont les coups de hachoir ébranlaient la boutique, faisant cliqueter les pièces de monnaie dans le tiroir-caisse.

« Deux biftecks bien tendres et pas trop épais, s'il vous plaît, monsieur Chovot, dit Lucien Édouard.

— Y en a plus », dit Chovot.

Lucien Édouard regarda autour de lui : il y avait quatre bœufs entiers suspendus par des crochets le long du mur du fond et au-dessus de l'étal pendaient de longs morceaux sanglants : bavette, rumsteck, culotte, gigot, et juste devant le nez de Dobichon une montagne d'escalopes surmontées d'une étiquette où s'étalait le mot en caractères épais : ESCALOPES.

« Eh bien, deux escalopes alors, s'il vous plaît, monsieur Chovot, rectifia Lucien Édouard.

— Y en a plus », dit Chovot.

Éberlué, Dobichon comprit que l'infâme Binieux était passée par là aussi.

« Eh bien alors... je ne sais pas... donnez-moi ce qui vous reste, balbutia le malheureux.

— Y en a plus », dit Chovot.

Dobichon regarda le boucher et estima que s'il ne voulait pas être transformé en steak haché dans les quinze secondes, il lui fallait évacuer les lieux au plus vite. Il battit en retraite et dut parcourir deux bons kilomètres avant de trouver une autre boucherie.

Le 21 au matin, il montait dans l'autobus

BOUCHE

RIE CHOVOT

comme d'habitude, lorsque le conducteur l'arrêta. Dobichon connaissait le chauffeur, il lui était arrivé de faire un brin de causette certains jours. Le dialogue cette fois fut très bref.

« Prenez le bus suivant. »

Lucien Édouard, stupéfait, montra l'intérieur de la voiture aux trois quarts vide.

« Mais pourquoi, il y a de la place... »

Le conducteur empoigna le volant comme s'il allait le jeter à la tête de son interlocuteur.

« C'est un autobus ici, c'est pas une cabine de déshabillage. »

Dobichon eut juste le temps de redescendre, le véhicule démarrait sur les chapeaux de roue et faillit le renverser. Il comprit que tous les conducteurs de la ligne du 183 devaient être au courant. Dorénavant il devrait aller au travail à pied. Il se mit donc à courir et arriva une nouvelle fois en retard.

Le 22, il ne se produisit rien de notable, simplement Lucien Édouard surprit des regards braqués sur lui, certains moqueurs, d'autres effrayés. Dès qu'il pénétrait dans son quartier, les conversations cessaient sur son passage et lorsqu'elles reprenaient il sentait que l'on parlait de lui. À la maison, sa mère ne lui adressait plus la parole, ne le regardait même plus. Durant les repas du soir, il n'osait lever les yeux vers elle, ne pouvant se résoudre à lui expliquer que tout cela était une méprise, qu'il cherchait simplement à s'amuser, qu'il ne faisait de mal à personne.

Le 23, lorsqu'il s'assit à son bureau et qu'il ouvrit comme chaque matin son tiroir pour y prendre ses manchettes, son porte-plume et sa bouteille d'encre, il découvrit bien en évidence une feuille de papier sur laquelle s'étalait en lettres épaisses l'exclamation suivante :

DOBICHON EN CALEÇON !

Il faillit s'évanouir... Lorsque Denise Flutier entra, elle le trouva si pâle, si malheureux, qu'elle lui demanda s'il se sentait bien. Lucien Édouard eut une brève seconde l'envie brutale de se confier à elle, de tout lui raconter, elle comprendrait, elle n'était pas comme les autres... mais il n'osa pas. Une fois encore sa trop grande timidité avait repris le dessus. Il passa cette matinée dans un cauchemar et décida de ne pas se rendre à la cantine pour ne pas subir les assauts de Brouveau et Verachu.

Il prétexta une crise de foie et resta derrière son bureau pendant le repas de midi, tournant et retournant la situation dans sa tête.

C'était inextricable, tout le quartier le savait à présent, il ne pouvait plus entrer chez un seul commerçant, il partait de très bonne heure et rentrait de plus en plus tard pour être sûr de ne rencontrer personne. Même au bureau, on était au courant... il n'y avait plus d'issue.

Pendant les deux jours qui suivirent, il se leva avant l'aube, fuyant le quartier, errant misérablement dans des rues où personne ne le connaissait. Il revenait à la nuit tombée, rasant les murs, le cœur battant... Et le pire de tout, il ne s'entraînait presque plus. Le 25 au soir il s'y remit pourtant après avoir vérifié que ce garnement de Loquepin n'avait cassé aucune porte vitrée... Il atteignit avec peine le chiffre de sept déshabillages ; il avait perdu sa vitesse presque de moitié ! Il était, en plus d'un homme traqué, un champion déchu. Le 26 à dix heures trente, le téléphone résonna sur son bureau.

C'était Mouchalon.

La voix, ordinairement sèche, coupait comme un rasoir.

« Dobichon, dans mon bureau. » Le sang se

retira des veines de Lucien Édouard. Il se demanda s'il ne devait pas mieux sauter par la fenêtre plutôt que d'affronter son terrible supérieur. Il gravit les escaliers comme si chacun de ses pieds pesait trente tonnes. Rien ne lui serait donc épargné : la terrible, la monstrueuse, l'effroyable épouse Binieux avait prévenu la direction.

Il entra chez Mouchalon.

« Asseyez-vous, Dobichon. »

Lucien Édouard se posa sur le siège comme s'il avait été une chaise électrique, il fut presque étonné de ne recevoir aucune décharge.

Mouchalon le fixa, tripota un stylo, déplaça trois feuilles de papier et attaqua. « Dobichon, dit-il, vous êtes un excellent aide-comptable. »

Lucien Édouard rosit et s'inclina. « Voici en effet plus de vingt ans que vous êtes dans la maison et nous n'avons eu jusqu'à présent qu'à nous louer de vos services. »

Il fit une pause, lissa le revers de son veston et poursuivit.

« Cependant, depuis quelque temps, on m'a signalé des retards.

— Deux fois seulement, monsieur Mouchalon, deux fois en vingt ans, et de plus... »

D'un geste, Mouchalon balaya l'interruption.

« Deux retards, ce qui est déjà grave, mais également des erreurs, ce qui est impardonnable, et enfin pour couronner le tout... »

Il sembla hésiter à poursuivre et se décida.

« Il nous a été signalé que vous... enfin que votre comportement quelquefois était bien étrange, et même quelque peu inquiétant... »

Lucien Édouard se dressa sur son siège.

« Mais, monsieur Mouchalon, je... »

Mouchalon ferma les yeux et les mots sortirent de ses lèvres comme de petits insectes malfaisants.

« Monsieur Dobichon, vous comprendrez

aisément que notre société ne peut conserver en son sein un homme qui parfois se trouve les mollets nus aux yeux de tous... »

Assommé, Lucien Édouard eut la force de balbutier :

« Vous voulez dire par là que... »

Mouchalon inclina la tête.

« Nous sommes au regret de vous annoncer que vous ne faites plus partie de la maison. Vous êtes renvoyé. »

Comme un somnambule, Dobichon descendit les escaliers. Il n'aurait pas la force de supporter le regard des autres, leur joie de le voir partir, peut-être même la réprobation de Mlle Flutier... Il se retrouva sur le trottoir, tête nue, en blouse de travail, et se mit à marcher au hasard des rues... Aujourd'hui, il était un chômeur, un vagabond, demain un mendiant. LUI, Lucien Édouard Dobichon, un mendiant.

Il erra longtemps, insensible au soleil printanier. Il but une limonade au comptoir d'un café car il avait soif, et rentra affamé, mort de fatigue, les talons pleins d'ampoules.

Lorsqu'il arriva sur le palier de son appartement, la porte de la grosse Mme Frapatier s'ouvrit. Elle poussa en le voyant un cri d'effroi

et rentra chez elle à toute allure. Il entendit les verrous claquer.

Le 27, il ne sortit pas de sa chambre. Il resta pratiquement allongé sur son lit à fixer le plafond. Lucienne Édouarde sentait l'inquiétude l'envahir. Elle voulut téléphoner au docteur et, pour la première fois de sa vie, son fils l'en empêcha. Elle décida donc d'attendre quelques jours.

Le 28 au matin, Lucien Édouard frotta de la paume de la main sa joue râpeuse, se regarda dans la glace et avec la même violence qu'une première idée l'avait frappé vingt-six jours plus tôt, une deuxième éclata dans son esprit : vivre n'avait plus de sens, mieux valait en terminer, tout de suite.

L'avantage d'habiter tout en haut d'une tour est qu'en cas d'envie de suicide, il n'y a pas à se demander quel est le meilleur moyen d'en

finir, il est évident que la manière la plus efficace est de faire le plongeon. Lucien Édouard ouvrit la fenêtre et se pencha.

En contrebas, les voitures avaient la dimension approximative d'un quart de boîte d'allumettes petit format.

Avant d'enjamber, il décida d'écrire une lettre à Denise Flutier. Après tout, cela lui ferait peut-être plaisir de savoir qu'il avait éprouvé pour elle de tendres sentiments. Il acheva sa missive en lui expliquant les raisons de son acte : tout le quartier le condamnait, il était sans emploi, à son âge il n'en trouverait plus, il n'acceptait pas d'être à la charge de la société, mieux valait disparaître.

Il ferma l'enveloppe, passa une jambe pardessus la rambarde, constata qu'il faisait un joli soleil ; qu'il était bien triste de mourir par un temps aussi merveilleusement gai, et passa la deuxième jambe.

Épilogue

Jonathan Bisham enleva d'une pichenette une poussière sur le revers de soie de son smoking blanc et tira sur ses manchettes immaculées... Dans la glace que lui présentait la maquilleuse il vérifia les ondulations de ses cheveux grisonnants, ébaucha un sourire qui fit éclater dans la lumière l'émail parfait de ses fausses dents au milieu de son teint bronzé à la lampe artificielle, et constata qu'il était sans doute le présentateur le plus séduisant de tous les United States.

Il s'était bien débrouillé : à l'âge de cinquante ans, il était encore l'une des vedettes de la plus importante des chaînes de télévision américaine. Il était bien encore le meilleur, puisque c'était lui et personne d'autre que l'on avait choisi pour animer ce gala dans le plus grand, le plus select des casinos de Las Vegas... Jamais sans doute malgré une longue carrière il n'avait eu une salle aussi extraordinaire : le président Carter et sa femme, des étoiles de cinéma venues spécialement d'Hollywood dans leurs avions personnels, des hommes d'affaires, des banquiers, des chanteurs réputés, tout cela au milieu d'une nuée de photographes et de caméras de télévision... Les plus grands artistes avaient apporté leur concours ; dans la première partie du spectacle, Arthur Rubinstein avait interprété trois sonates de Chopin et avait remporté un triomphe. Aznavour avait suivi, Barbara Streisand, Jerry Lewis... La première partie s'était achevée dans un déluge d'applaudissements et l'entracte se terminait... C'était à présent le gros morceau, le numéro que tout le monde attendait, et malgré son immense expérience, Jonathan Bisham au moment de l'annoncer sentit en lui quelque chose qui ressemblait vaguement à un vieux malaise qu'il avait oublié et qui s'appelle le trac.

Après un dernier regard sur le miroir, il traversa les coulisses et vit la salle à travers une fente du rideau. Les invités avaient regagné leurs places, devant lui c'était une mer de colliers, de fourrures, de bracelets, de robes du soir et de smokings... Les lumières baissèrent.

« À vous, Jonathan, lever de rideau dans dix secondes. »

Il vérifia mécaniquement son nœud papillon et se planta au centre de la scène.

Le rideau se leva.

Il fut pris immédiatement dans le faisceau des projecteurs et s'avança souriant, au milieu des applaudissements habituels. C'était l'instant que tout le monde attendait.

Lorsque le silence tomba, il sentit dans l'attente de ce public quelque chose d'angoissé. Il comprit qu'il ne devait pas le prolonger.

« Monsieur le Président, madame, mesdames, mesdemoiselles, messieurs, je vais avant toute chose vous faire un aveu. Depuis les quelques années que je fais ce métier, je m'efforce de présenter les artistes au public en étant le plus bref possible. Quelques phrases, quelques mots suffisent en général. »

Il fit une pause et sentit sa gorge se nouer.

« Ce soir, ces quelques mots, ces quelques phrases, je ne les prononcerai pas car ils seraient parfaitement inutiles, il me suffira de vous dire un nom et un seul. »

La salle se tendit, la rampe s'illumina et des milliers de paillettes se mirent à scintiller sur la scène.

Jonathan Bisham leva les bras vers les cintres.

« Voici celui que vous attendez tous, celui dont le nom est sur toutes les lèvres, l'attraction la plus sensationnelle du Nouveau et de l'Ancien Monde, j'ai nommé... »

Toutes les caisses de l'orchestre roulèrent, les trompettes sonnèrent dans le fracas des cymbales et lorsque le dernier écho se fut éteint, Bisham lança à pleins poumons le nom tant attendu :

« Luc Ed. Doby. »

Alors, sous les yeux extasiés du public, un ascenseur transparent descendit du plafond, rutilant sous les lumières, il s'immobilisa sous le fracas ininterrompu des applaudissements et les spectateurs debout purent voir au centre,

comme un bijou dans son écrin de verre, un petit monsieur un peu chauve, un peu myope, un peu petit, un peu gros... Luc Ed. Doby = Lucien Édouard Dobichon, la plus grande attraction internationale de cette fin de XXe siècle. Le champion incontesté, le recordman du monde de lever de pantalon.

Le soleil caressant les feuilles des palmiers

brisa ses rayons sur la surface de la piscine et un des éclats tomba dans l'œil de Lucien Édouard qui tressaillit et s'étira sur sa chaise longue. Il portait un peignoir marqué dans le dos « KING DOBY, THE CHAMP ». Derrière lui s'étendait une immense villa en forme d'ascenseur qu'il avait fait construire après le succès de son premier film, *Le Liftier.* Dans les douze garages stationnaient des Rolls plaquées or et des formules 1 pour tourner sur la piste privée payée grâce au succès de son deuxième film : *Montez, on vous demande.*

L'une des fenêtres de la villa s'ouvrit et Lucien Édouard sourit en se retournant :

« Bien dormi, Denise ? »

Denise Flutier (pardon, Denise Dobichon) lui fit gaiement signe de la main, disparut pour réapparaître à la porte.

Au même instant, un valet de chambre anglais, poussant devant lui une desserte sur laquelle s'étalait un somptueux petit déjeuner, s'approcha.

« Merci, Edward », dit Dobichon.

Edward s'inclina et montra sur la table un tas imposant de journaux.

« Si monsieur veut bien me permettre, articula le valet, monsieur a fait un triomphe hier soir à Las Vegas. »

Dobichon s'empara d'un toast et commença à le beurrer.

« Comme d'habitude, Edward, comme d'habitude », murmura-t-il.

Denise, après avoir embrassé son mari, s'installa à son tour devant la table, regarda le ciel bleu, les arbres verts, le parc splendide et soupira :

« Tout de même, dit-elle, je crois que j'ai eu une bonne idée de venir te rapporter le chapeau et la veste que tu avais oubliés au bureau le jour de ton licenciement... »

Lucien Édouard renversa la tête et huma le parfum mélangé des mimosas, des roses trémières, et du pain rôti... C'était en effet une excellente idée, elle avait sonné à l'instant précis où il allait faire un saut assez spectaculaire. Quelques heures après, il avait eu cette idée de monter ce numéro. Jamais il n'aurait osé espérer pareil succès... Rien ne manquait plus à son bonheur, désormais il était un homme comblé. Il n'y aurait jamais plus un Brouveau ou un Verachu pour se moquer de lui, disparus les voisins, la Frapatier, les

Binieux, le boucher, Mouchalon, tous devaient l'envier en ce moment... Il avait enfin trouvé la paix et le bonheur. Il tendit la main vers la théière.

« Tu vas me faire le plaisir de prendre ton café au lait, Lucien Édouard, dit Lucienne Édouarde, c'est beaucoup plus nourrissant et cela te fait le plus grand bien. »

Le grand Doby eut un sourire crispé et soupira.

Mme Dobichon mère, vêtue d'une superbe robe de chambre, sortit un paquet de cigarettes et alluma une filtre à bout doré. Depuis qu'elle était devenue l'imprésario de son fils, elle s'était mise à fumer et ne détestait pas un havane après le repas du soir.

Elle regarda Lucien Édouard avaler péniblement son café crème.

« J'ai une bonne nouvelle pour vous deux, dit-elle, une maison d'édition veut faire un livre sur votre aventure.

— Quel en sera le titre ? demanda Denise.

— On ne sait pas encore, dit Lucienne Édouarde, en piochant dans la confiture. Qu'est-ce que vous proposez ? »

Dobichon laissa errer son regard sur le ciel sans nuage, respira largement et dit :

« Qu'est-ce que vous pensez de : *Le mois de mai de Monsieur Dobichon* ? »

TABLE

Composition JOUVE – 53100 Mayenne
N° 294981s
Imprimé en Italie par Rotolito Lombarda S.p.A.

32.10.2410.2/08 - ISBN : 978-2-01-322410-9
Loi n° 49-956 du 16 juillet 1949 sur les publications destinées à la jeunesse
Dépôt légal : février 2013